EL SÍ
DE LAS NIÑAS

LEANDRO
FERNÁNDEZ DE MORATÍN

EL SÍ
DE LAS NIÑAS

EDICIÓN DE
ABRAHAM MADROÑAL DURÁN

CASTALIA
DIDÁCTICA

Consulte nuestra página web: http://www.castalia.es

CASTALIA
EDICIONES

es un sello propiedad de

edhasa

Oficinas en Barcelona:
Avda. Diagonal, 519-521
08029 Barcelona
Tel. 93 494 97 20
E-mail: info@edhasa.es

Oficinas en Madrid:
Castelló 24, 1º dcha.
28001 Madrid
Tel. 91 319 58 57
E-mail: castalia@castalia.es

Oficinas en Buenos Aires (Argentina):
Avda. Córdoba 744, 2º, unidad 6
C1054AAT Capital Federal
Tel. (11) 43 933 432
E-mail: info@edhasa.com.ar

Primera edición, primera reimpresión

© de la edición: Abraham Madroñal Durán, 2011
© de la presente edición: Edhasa (Castalia), 2011

www.edhasa.com

Ilust. de cubierta: Francisco de Goya: *La gallina ciega* (1788-1789, fragmento). Museo Nacional del Prado, Madrid.
Diseño gráfico: RQ

ISBN: 978-84-9740-399-3
Depósito Legal: M-43275-2011

Impreso en Top Printer plus
Impreso en España

S U M A R I O

Para Gonzalo y Arturo, porque veinte años no es nada, y para Andrés, porque seis son muchos.

A la memoria de René Andioc.

MORATÍN Y SU TIEMPO

CUADRO CRONOLÓGICO

MORATÍN Y SU TIEMPO

Año	Acontecimientos históricos	Vida cultural y artística
1760	Carlos III, rey desde 1759, viene de Nápoles a España para suceder a su hermanastro Fernando VI.	
1762	Inglaterra declara la guerra a Francia y a España.	Rousseau, *Emilio, Contrato social.* Clavijo, *El pensador.* Nicolás F. de Moratín, *La petimetra.*
1764		Sabatini inicia la Puerta de Alcalá. Muere Feijoo. Nace Cienfuegos. Voltaire, *Diccionario filosófico.*
1765	Se funda la Real Sociedad Vascongada de Amigos del País, primera de su estilo.	Finaliza la publicación de la *Enciclopedia* francesa. Se prohíben las representaciones de autos sacramentales.
1766	Motín de Esquilache. Aranda comienza su carrera como estadista.	Nace Madame de Staël.
1769	Nace Napoleón.	
1770		Muere Torres Villarroel. Nacen Hölderlin, Beethoven y Hegel. Nicolás F. de Moratín, *Hormesinda.*
1774	En Francia se inicia el reinado de Luis XVI.	Cadalso termina las *Cartas marruecas.* Jovellanos, *El delincuente honrado.* Goethe, *Werther.*
1779	Declaración de guerra a Inglaterra. Se inicia el asedio a Gibraltar.	Tomás A. Sánchez, *Colección de poetas castellanos anteriores al siglo xv.*
1780		Se suprimen los entremeses. Real Academia Española, *Diccionario de la lengua castellana* (1.ª ed. en un tomo).
1781	España recupera Menorca.	Muere Isla. Kant, *Crítica de la razón pura.* Samaniego, *Fábulas.* Aparece *El Censor.*
1782	Cabarrús crea el Banco de San Carlos. Se reforma el ejército.	Muere Cadalso. Iriarte, *Fábulas.*

Vida y obra de Moratín
Nace el 10 de marzo en Madrid. Son sus padres don Nicolás Fernández de Moratín, famoso literato, y doña Isidora Cabo Conde. Su familia paterna era noble y estaba adscrita al servicio de Guardajoyas de la reina.
Contrae unas viruelas que le apartan del contacto de la gente y le marcan físicamente. Llega a peligrar su vida.
Su familia se traslada a la calle de la Puebla. Conoce a Ignazio Bernascone, erudito italiano, cuya sobrina, Sabina Conti, será su primer amor.
Dedica unos versos a Sabina Conti, la cual terminará casándose al cabo del tiempo con un hombre de edad.
Su romance *La toma de Granada por los Reyes Católicos* merece un accésit en un concurso convocado por la Real Academia Española.
El 11 de mayo muere su padre; quedará en difícil situación económica, manteniéndose con su oficio de joyero. Comienza el *Diario*. *Oda a la muerte de don Nicolás Fernández de Moratín*.
Conoce a su fidelísimo amigo Melón, que luego se convertirá en uno de sus biógrafos. *Oda a la Tirana*.
Su *Lección poética* vuelve a merecer un accésit en el concurso convocado por la Real Academia. Se le deniega su solicitud de empleo en el Real Guardajoyas.

Año	Acontecimientos históricos	Vida cultural y artística
1783	Se firma la paz de Versalles. Se establecen escuelas gratuitas en Madrid.	Muere Salzillo. Ventura Rodríguez termina la fachada de la catedral de Pamplona.
1785		Nace Manzoni. Meléndez Valdés, *Poesías*. García de la Huerta inicia su *Teatro español*. Villanueva, arquitecto real.
1786		Comella, *Cecilia*. Montengón inicia la publicación de *El Eusebio*. Goya es nombrado pintor del Rey.
1787		Muere Huerta. Nace Martínez de la Rosa. Se traduce el *Arte poética* de Boileau.
1788	Muere Carlos III; le sucede su hijo Carlos IV.	Nace Byron. Mozart, tres últimas sinfonías. Iriarte, *El señorito mimado*.
1789	Revolución francesa.	2.ª ed. de la *Poética* de Luzán. Cadalso, *Noches lúgubres* (póstuma). Goya, pintor de cámara.
1790	Cabarrús es encarcelado, después de ser denunciado a la Inquisición.	Comella, *El sitio de Calés*. Jovellanos, *Memoria de la policía de los espectáculos*.
1791	Campomanes es destituido de sus cargos.	Mueren Mozart e Iriarte. Nace el Duque de Rivas. Se suprimen las publicaciones periódicas, excepto el *Diario de Madrid*.
1792	Floridablanca, y posteriormente Aranda, son destituidos. Empieza la privanza de Godoy.	Nace Shelley.
1793	Luis XVI es guillotinado. Se inicia la guerra contra Francia.	Muere Goldoni.
1796	España se alía con Francia en virtud del tratado de S. Ildefonso.	Muere Samaniego. Nacen Fernán Caballero y Bretón de los Herreros.
1797		Mueren Porcel y Forner. Nace Schubert. Goya, *Los caprichos*.

Vida y obra de Moratín
Escribe varios poemas de circunstancias, como la *Oda a la paz* o *Al nacimiento de los serenísimos infantes*.
El 21 de septiembre muere su madre. Se traslada a vivir con su tío Miguel, poeta. Edita el poema épico de su padre *Las naves de Cortés destruidas*.
Entra al servicio del conde de Cabarrús, rico financiero y político, por recomendación de su amigo Jovellanos. Lee *El viejo y la niña* a la compañía de Manuel Martínez, que no se decide a estrenarla.
Inicia su primer viaje a Francia como secretario de Cabarrús; allí conoce al célebre Goldoni. Termina, por encargo, la zarzuela *El barón*.
De vuelta en Madrid, concursa sin éxito para la plaza de bibliotecario de los Reales Estudios de S. Isidro. Fracasa nuevamente en su intento de estrenar *El viejo y la niña*, esta vez por oposición eclesiástica.
Se ordena de primera tonsura para poder disfrutar de una renta eclesiástica del obispado de Burgos que le procura el conde de Floridablanca. Publica *La derrota de los pedantes*.
El 22 de mayo se estrena *El viejo y la niña*. Es presentado a Godoy. Un nuevo beneficio eclesiástico le permite disfrutar de una pensión de más cuantía.
Solicita a Floridablanca formar parte de la Academia de Ciencias. Se retira a Pastrana y escribe *La comedia nueva* y *La mojigata*, de la cual circularán copias manuscritas.
El 7 de febrero se estrena *La comedia nueva*. Segundo viaje a Francia; de allí pasa a Inglaterra e inicia lo que serán sus *Apuntaciones sueltas de Inglaterra*. Compone *El tutor*, borrador de comedia que será destruido.
A través de Flandes, Alemania y Suiza, llega a Italia ayudado económicamente por el gobierno. Empieza su *Viaje de Italia*, otro cuaderno de viajes.
Regreso a España después de un azaroso viaje. Godoy le ha nombrado Secretario de Interpretación de Lenguas.
Toma posesión del cargo anterior. Es nombrado miembro de la Junta Gubernativa para la Reforma del Teatro.

Año	Acontecimientos históricos	Vida cultural y artística
1798		Nace Leopardi.
1799	El Consulado en Francia: Napoleón llega al poder.	Muere Beaumarchais. Nace Estébanez Calderón.
1800		Goya, *La familia de Carlos IV*.
1801	Se firma la alianza con Napoleón.	Muere Novalis. Quintana, *El duque de Viseo*.
1802	Paz de Amiens.	Nace Víctor Hugo. Quintana, *Poesías*.
1803	Se firma la neutralidad con Napoleón.	Muere Alfieri. Nace Mesonero Romanos.
1804	Napoleón, emperador de Francia.	
1805	Batallas de Trafalgar y Austerlitz.	Quintana, *Pelayo*. Muere Schiller.
1806		Muere Clavijo y Fajardo. Nace Hartzenbusch.
1807	Por el tratado de Fontainebleau España se une al bloque continental.	
1808	Invasión francesa. Carlos IV abdica. Fernando VII, rey. Motín de Aranjuez. Levantamiento del 2 de mayo, con el que se inicia la Guerra de la Independencia.	Nace Espronceda. Goethe, *Fausto*. Beethoven, *Sexta sinfonía*.
1809	Alianza con Inglaterra. Surge la guerra de guerrillas contra los franceses. José Bonaparte, rey.	Mueren Haydn y Cienfuegos. Nacen Mendelssohn y Larra.
1810	Cortes de Cádiz. La caída de Sevilla en manos francesas estimula la emancipación americana.	Nace Chopin.

Vida y obra de Moratín
Conoce a Paquita Muñoz y a su familia, e intimará con la primera, joven de 18 años. Asimismo, conoce a Goya, que pintará más tarde su retrato.
Convierte su zarzuela *El barón* en comedia. En junio vuelve a representarse *El viejo y la niña* y más tarde *La comedia nueva*. Es nombrado director de la Junta de dirección de teatros, cargo del que dimite.
Es nombrado corrector de comedias antiguas para los teatros de la corte.
Lee *El sí de las niñas* a sus amigos.
El 28 de enero estrena *El barón*, impulsado por el plagio de Andrés de Mendoza.
El 19 de mayo estrena *La mojigata*.
Edita *El sí de las niñas*. Se representa nuevamente *El barón*.
El 24 de enero estrena *El sí de las niñas*. Es denunciado a la Inquisición y toma la determinación de no escribir teatro.
Paquita Muñoz tiene un pretendiente; Moratín no se decide a casarse.
Moratín, que ha tomado partido por el rey José, llega a temer por su vida en el levantamiento popular. Adapta *La escuela de los maridos*, de Molière.
Escribe el *Auto de fe de Logroño*.

Año	Acontecimientos históricos	Vida cultural y artística
1811	Declaración de independencia de Caracas. Venezuela se independiza, aunque volverá a caer en manos realistas.	Muere Jovellanos. Nace Gautier.
1812	El 19 de marzo se promulga la Constitución. Derrota francesa en Arapiles. José I abandona Madrid.	Muere Comella. Nace Dickens.
1813	Batalla de Vitoria; Wellington vence a José I. Retirada francesa. México se independiza.	Nacen Wagner, Verdi y García Gutiérrez.
1814	Vuelve a reinar Fernando VII. Choques entre liberales y absolutistas. Se restaura la Inquisición, suspendida dos años antes.	Goya, *Los fusilamientos en la montaña del Príncipe Pío.*
1815	La Santa Alianza. Napoleón es derrotado en Waterloo.	Nace Gil y Carrasco.
1816	Argentina se independiza.	
1817	Campañas de San Martín en los Andes. Independencia de Perú.	Mueren Mme. de Staël y Meléndez Valdés. Nacen Campoamor y Zorrilla. Beethoven comienza su *Novena sinfonía.*
1820	Empieza el Trienio Constitucional, a raíz del levantamiento de Riego.	
1821	Venezuela se independiza.	Mueren Keats y Montengón. Nace Baudelaire.
1823	Los Cien mil hijos de San Luis restituyen el absolutismo de Fernando VII, que ignora la Constitución.	
1824	Batalla de Ayacucho. España pierde definitivamente el imperio americano.	Muere Byron. Goya se establece en Burdeos y cierra su obra con los *Dibujos.*

Vida y obra de Moratín
José Bonaparte le nombra bibliotecario mayor de la Biblioteca Real. Ingresa como caballero en la Orden Real de España o del Pentágono.
El 17 de marzo estrena su adaptación de *La escuela de los maridos*. Huye a Valencia con el ejército francés; allí publicará —junto a su amigo Estala— el *Diario de Valencia*.
Sufre en Peñíscola un largo asedio.
Se representa *El médico a palos*, versión de una obra de Molière, en Barcelona, donde se ha establecido de camino para Francia. Su situación económica es penosa. Traduce el *Cándido* de Voltaire.
La Inquisición prohíbe la representación de *El sí de las niñas*.
Merced a unas disposiciones de Fernando VII, recupera todos sus bienes. Su prima Mariquita se casa con José Antonio Conde.
Se traslada a Francia; se instalará en Montpellier.
Vuelve a Barcelona, donde se representa nuevamente *El sí de las niñas* con éxito; pero pronto abandona la ciudad por una epidemia.
Sale para Bayona, y luego hacia Burdeos, donde vivirá con Silvela. Es nombrado miembro de la Academia Nacional. Termina sus *Orígenes del teatro español* y publica las *Obras póstumas* de su padre.

Año	Acontecimientos históricos	Vida cultural y artística
1825		Muere Paganini.
1827	Guerra de los Agraviados en Cataluña.	Mueren Foscolo y Beethoven.
1828	Mariana Pineda es ejecutada.	Muere Goya.

Vida y obra de Moratín
Sufre un ataque de apoplejía, que le provoca una inmovilidad casi absoluta. Bobée publica en París sus *Obras dramáticas y líricas*.
Se traslada a París con su amigo Silvela. Hace testamento y nombra como heredera a una nieta del propio Silvela.
Muere en París el 21 de junio. Había pasado por una etapa de postración moral. Sería enterrado junto a Molière.

Introducción

1. El teatro en tiempos de Moratín

En el siglo XVIII el «corral de comedias» barroco da paso al «coliseo», que, a diferencia de aquel, ya es un lugar cubierto y estable, pero que sigue teniendo graves deficiencias en lo que se refiere a la limpieza y el acondicionamiento. Madrid disponía de tres de estos edificios, y otras ciudades de España también tenían su propio local.

Los actores de las compañías que representaban solían ser personas de escasa profesionalidad, y disponían de muy pobres medios para realizar su trabajo. Ello, unido a que eran estos actores, en su papel de directores de compañía, los que seleccionaban las obras (y, lógicamente, según los gustos del público), contribuía a que la obra representada careciera de la selección y el rigor que buscaba Moratín en un medio como el teatro del que los ilustrados esperaban que cumpliera altas funciones en la sociedad, como tendremos ocasión de ver.

El público del siglo XVIII sigue admirando el teatro barroco, que va evolucionando hacia formas cada vez más espectaculares, al tiempo que los héroes de las comedias antiguas se van convirtiendo en majos, según acertada expresión de Andioc. Hay toda una legión de dramaturgos que en el XVIII quieren perpetuar la fórmula barroca de hacer teatro, si bien notablemente deformada.

En general, el público se muestra atraído por la llamada *comedia de teatro*, que es aquella en que se producen los hechos más espectaculares en escena y cuenta con una escenografía complicada. Algunos de sus géneros más aplaudidos fueron la *comedia de magia*, seguidora de la comedia mitológica del siglo XVII, en la cual los actores se hunden o vuelan, se convierten en monos o se mueven las montañas por encantamiento; también la *comedia de santos*, en la que era menos importante la religiosidad que los sucesos fantásticos y espectaculares, como milagros o batallas por ideales religiosos. Igualmente era del gusto del público de la época la *comedia heroica*, que presenta altos personajes que participan en hazañas bélicas, las cuales suceden ante los ojos del espectador. La *comedia militar*, subgénero de la anterior, y la *comedia de figurón*, que deriva de la de capa y espada pero exagerada cómicamente, son otros tantos tipos de obras que atraían al espectador.

Por otra parte, géneros líricos como la *ópera* y la *zarzuela* se cultivaron mucho, sobre todo en la primera mitad del siglo. También Moratín hijo compondría una zarzuela, *El barón*, a pesar de lo difícil que le resultaba ajustarla a las apetencias clásicas. Y a todo esto hay que unir la presencia de otras formas teatrales consideradas menores, como el *entremés*, el *sainete* (al que se dedicaron autores de gran éxito, como don Ramón de la Cruz), la *tonadilla* y el *auto sacramental*, que también gustaban en la época, ya fuera por su componente humorístico, por la música o por la espectacularidad de su representación.

Frente a este tipo de espectáculos se alzan voces de intelectuales y gobernantes que consideran el teatro como un medio excelente para educar a la sociedad y modelarla según su concepción de la vida. Por eso consideraban un peligro las obras que se ponían en escena, ya que alienaban al espectador y le hacían concebir falsas esperanzas, por ejemplo en cuanto a su promoción personal. Si los ilustrados postulan un teatro apegado a las reglas, lo hacen porque son conscientes de que estas van a contribuir a crear un teatro más verosímil, en el que no se mezclen personas de diferente clase social, en el que no haya saltos temporales ni de lugar, un teatro en definitiva que enseñe al espectador ejemplos prácticos para comportarse en la vida real.

De ahí que se suprima, por ejemplo, la mezcla de lo trágico y lo cómico, o la de los personajes humanos con los divinos (mezcla que se daba en los autos sacramentales, que acabarán siendo prohibidos en 1765), o que se evite la confusión de personajes nobles con otros del pueblo, porque al poder ilustrado no le interesa que el espectador sueñe con equipararse con la nobleza —improductiva, por cierto— en un matrimonio desigual, por ejemplo. Las reglas no son algo superficial o externo, sino un indicio de la profunda concepción de la vida y el arte que tenían quienes las defendían.

Es evidente que tales limitaciones suponían la supresión de un divertimento popular; de ahí que algunos intentos ilustrados no llegaran a buen término. Pero en general no se puede decir que el teatro neoclásico fracasara, pues, aunque la tragedia no consiguió arraigo popular (con la excepción de la *Raquel*, de García de la Huerta, una obra que quiso ajustar los gustos tradicionales a la nueva forma neoclásica), la comedia moratiniana, por su parte, acertó con una formula válida que sentaría los cimientos del teatro moderno, aquel que da entrada a la expresión y a los asuntos cotidianos como materia dramatizable válida e interesante.

1.1. La comedia neoclásica

A diferencia de la tragedia, que había de mostrar lo mudable de la fortuna en los personajes principales, la comedia representa hechos particulares que tienen un final feliz y suceden entre personas corrientes. La comedia invita a amar la virtud y a aborrecer el vicio; sobre todo enseña, pero también entretiene. En ella caben circunstancias que produzcan alguna zozobra en el espectador, pero no se derivarán de las mismas ni la muerte ni la extrema infelicidad de los personajes.

Tampoco fueron muy brillantes los intentos de conseguir una comedia que se adaptara a la normativa neoclásica, si se exceptúa el caso de Leandro Fernández de Moratín. Su padre, Nicolás Fernández de Moratín, escribió *La petimetra* (1762), obra que, sin la necesaria fuerza cómica, presenta a una presumida que pretende aparentar para sobresalir de la clase media a la que pertenece y, al final, se queda sin novio (al casarse este con su juiciosa prima). *La petimetra* es una obra a la que el propio hijo del autor achaca el final en boda (que tanto critica en la comedia áurea) y su «regularidad violenta».

Otros autores de comedias hubo, algunas de relativo éxito como *La escuela de la amistad*, de Forner, o *Los menestrales* de Trigueros; pero sin duda el más importante de todos, antes de que hiciera su aparición Moratín hijo, fue Tomás de Iriarte. A Iriarte se le ha considerado el más directo precedente de Moratín, porque inaugura en su siglo una forma de hacer comedia con unos temas cotidianos, un lenguaje corriente y una suficiente capacidad dramática que después perfeccionará el autor de *El sí de las niñas*. Ya en *Hacer que hacemos* (1770), obra no estrenada, satiriza a un personaje que finge estar siempre ocupado en tareas tan numerosas como inútiles. Mayor importancia tienen *La señorita malcriada* (escrita en 1788, estrenada en 1791) y *El señorito mimado* (1773, estrenada en 1788), obras que merecieron el elogio de don Leandro hasta el punto de escribir de ellas que eran las primeras comedias originales escritas según las reglas de la filosofía y la buena crítica. En ambas se trata un tema que aparecerá después en Moratín, la educación de los jóvenes casaderos, y para ello se presenta el mal ejemplo de la educación de una muchacha y un joven que se acercan al «majismo» y que reciben su escarmiento final, tal y como requiere el fin moral que Iriarte pretendía dar a sus obras.

Sin duda, lo más importante que Moratín encontró en este autor fue el ejemplo de cómo se tenía que utilizar la observación minuciosa de elementos de la vida cotidiana y un muestrario de tipos de la nueva clase burguesa. Iriarte fue el eslabón necesario para que surgiera el teatro de Moratín en los términos que lo conocemos.

2. Leandro Fernández de Moratín

2.1. *Talante de un hombre burgués*

Psicológicamente, ha escrito Lázaro Carreter, Moratín pertenece al tipo «sentimental introvertido», y una de las características de este tipo de personas es la «resignación presuntiva», circunstancia que les impulsa a rendirse ante cualquier complicación sin ni siquiera intentar la lucha. Consecuencia de ello es también el intento de suicidio, al ser el individuo incapaz de soportar el sufrimiento, y es sabido que don Leandro intentó suicidarse al menos en tres ocasiones.

Se ha señalado que Moratín era un hombre tímido, apocado, incapaz para enfrentarse a las críticas y opiniones contrarias (lo cual le llevó a abandonar algún que otro cargo); al parecer, se resignaba melancólicamente ante la adversidad, llegaba incluso a la cobardía, era contradictorio e irresoluto; pero es innegable que muchos de estos defectos solo son sinceridad consigo mismo y con sus lectores, y también que mantuvo la coherencia vital en asuntos fundamentales en el campo de la ideología, la moral y la estética.

Orgulloso hasta el punto de querer dejarse morir de hambre antes que mendigar, no fue un adulador de los poderosos, a pesar de verse tan repetidamente favorecido por ellos (especialmente por Godoy), y prefirió vivir alejado de la corte y apartado de su sociedad; él mismo reconocía que las viruelas que a temprana edad le dejaron «feo y pelón» causaron ese espíritu asocial, pero no cabe duda de que ese alejamiento le posibilitó considerar críticamente a sus conciudadanos con la suficiente distancia.

De espíritu conservador y moderado, Moratín amaba la paz y la tranquilidad, y procuró alejarse, a veces a través de la huida, de todo lo que significara revolución o revueltas populares, y así huye de Francia ante los acontecimientos de 1789, o de España ante el alzamiento popular de 1808. Moratín se movía sólidamente fundamentado en unos principios morales rectos, fruto de esa tendencia a la moderación que le hacía desear un orden estable, seguro para sentirse él mismo seguro; la anarquía y la violencia le asustaban.

Moratín fue un hombre incapaz para el amor (como ha señalado Lázaro Carreter) al no poder compartir su intimidad; nunca sintió el amor como pasión, sino como preocupación, y no consiguió ir más allá del puro afecto que experimentó hacia sus amigos. Ello no significó que no mostrara hacia la mujer el deseo biológico que le llevó a frecuentar la compañía de meretrices, como anota puntualmente en su diario; sin embargo, ante una mujer de su clase social jamás se hubiera permitido pasar más allá del simple beso inocente. Algo similar le ocurría al enamoradizo don Félix, de *El sí de las niñas*, ante su doña Paquita.

Socialmente Moratín admiró a la clase media por considerarla como el grupo que podía hacer posible la libertad tan deseada por él; por eso la elige como protagonista de sus obras; desprecia y critica a estamentos tradicionalmente privilegiados como la nobleza y el clero (clases no productivas), y también al pueblo bajo. Considera, como buen ilustrado, que hay que respetar las jerarquías, y que cada individuo debe permanecer en su clase social, aunque admita cierta movilidad o promoción que da la práctica de la virtud a través del trabajo.

Desde el punto de vista religioso, don Leandro era anticlerical; se mantuvo a cierta distancia de la fe, aunque conservó, si bien escasamente, alguna práctica externa. Moratín quiere diferenciar religión y superstición, porque las ve unidas en las prácticas populares, y también distinguir la verdadera fe de la simple beatería mojigata.

No se puede pasar por alto la acusación de afrancesamiento que siempre ha pesado sobre don Leandro. Es evidente que el autor de *El sí* quiso mucho a España, pero se manifestaba contrario a los extremos que se cernían sobre ella, y es por eso por lo que abrazó un sistema político como el francés, que traía emparejados, para él, la estabilidad, el orden y el progreso.

Lo que sí es claro es que fue un amante de la libertad, libertad personal e íntima que le llevó a emprender numerosos viajes que no solo realizaba por ser un fugitivo, como se ha señalado.

3. Producción literaria

3.1. *Prosa*

Moratín es autor de una *Autobiografía,* muy incompleta, que refiere los primeros años de su vida. Fue la suya una infancia sin juegos ni compañeros de su edad; las únicas salidas de su casa eran las necesarias para ir al colegio; después otra vez su casa, los libros y las conversaciones de los amigos paternos. Por otra parte, las viruelas desfiguran su rostro y su carácter, ahora caprichoso, impaciente y algo asocial, como él mismo señala.

Autobiográfico es también su *Diario*, continuación del que llevara su padre. Se trata de una serie de anotaciones hechas con un código particular (en el que se mezclan hasta cinco lenguas y se suprimen las vocales), que no están pensadas para el lector. En él destacan su sinceridad, el estilo telegráfico y la ironía. Son frecuentes las anotaciones referidas a sus relaciones con las mujeres, relaciones que no siempre fueron ocasionales.

Moratín fue un hombre viajero, residió largas temporadas en el extranjero lejos de su familia y amigos, todo lo cual originó en él la necesidad de escribir cartas. El *Epistolario* del autor es copioso, e incluye cartas dirigidas a literatos como Forner o Jovellanos, políticos como el Rey o Godoy, amigos como Melón y Paquita Muñoz y familiares como Mariquita, su prima.

Toca en estas epístolas asuntos de gran importancia humana y literaria, haciendo gala de un estilo expresivo, natural y lleno de gracejo, en el que afloran también la ironía y la burla. Su tono es despreocupado en ocasiones, angustiado en otras.

El *Epistolario* está lleno de instrucciones prácticas a sus amigos para que defiendan su patrimonio o le envíen libros y enseres; a Paquita Muñoz le manda consejos como amigo de familia, siempre en un tono paternalista y afectivo. En ocasiones invita a sus amigos a abandonar España y a buscar la tranquilidad y la paz; es cierto, sin embargo, que son frecuentes aquellas otras cartas en que evidencia su patriotismo y sus ganas de volver.

Como el Gazel de las *Cartas marruecas*, Moratín es una especie de corresponsal en el extranjero que tiene el suficiente distanciamiento de su país como para juzgarlo por comparación con lo que observa en los que visita. Así, por ejemplo, enjuicia el teatro español cuando habla del francés (al cual le falta poco para ser perfecto, según dice).

El tema del teatro es frecuente en sus cartas, algunas de

las cuales se convierten en un descargo contra la crítica de una comedia y constituyen toda una poética teatral. En la carta a Godoy del 22-XII-1792 expone la necesidad de reforma del teatro: habla de lo importante que es instruir a los cómicos en declamación, de la impropiedad del vestuario, de la mala iluminación, de los numerosos censores, de la nefasta influencia de las comedias antiguas, que pintan todos los vicios, del despropósito de las comedias de magia, «modernas» y sainetes... Todo ello procura, dice, agradar a la canalla.

Íntimamente relacionados con el *Epistolario*, pues también son producto de su alejamiento de España y contienen experiencias personales, se encuentran sus cuadernos de viaje. A este grupo pertenecen las *Apuntaciones sueltas de Inglaterra* y el *Viaje de Italia*. Destacan en ambos la redacción amena, su visión irónica de las cosas, la observación y el detallismo, que será típico en su obra dramática. Moratín tiene la óptica del periodista, del enviado especial que tiene que hacer un reportaje general sobre el país visitado.

En las *Apuntaciones...* alaba el paisaje, el arte y la cultura ingleses, fijándose en algunas costumbres pintorescas como la libertad en el calzado de las mujeres, que él considera un símbolo de la libertad con que se las educa (cosa que no ocurría en España). Asimismo, son importantes las páginas dedicadas al teatro inglés y a su comparación con el español: el público es igualmente tirano en ambos países y gusta de las mismas extravagancias; pero los actores ingleses son más disciplinados, y, sobre todo, dignos de los altos personajes que encarnan, lo cual es muy apropiado para la verosimilitud; estas circunstancias no se dan en España, donde existe además una ridícula separación por sexos en el público.

En el *Viaje de Italia* su antibarroquismo le lleva a postergar a grandes artistas como Miguel Ángel. En Venecia, por ejemplo, deplora la *Commedia dell'arte* (toda improvisación) y alaba a Metastasio. Cabe señalar la continua defensa que hace de España ante la infravaloración extranjera que se encuentra.

Aparte de estos escritos, en buena medida autobiográficos, Moratín es también autor de otras obras en prosa, unas de creación y otras de crítica y doctrina literaria. Entre estas últimas merecen destacarse:

— Los *Orígenes del teatro español,* que fue obra a la que Moratín dedicó mucho tiempo y meditación y a la que daba gran importancia. Se ocupa del género dramático desde sus inicios en latín, pasando por la Edad Media y el siglo XVI, de cuyo teatro humanístico habla con gran agrado. Alaba, entre otros, a Lope de Rueda, como ejemplo de acercamiento a la realidad y de utilización de la prosa familiar en el teatro.

— El *Discurso preliminar a sus comedias* y las *Apuntaciones sobre varias obras dramáticas* son dos textos que pueden constituirse en poética dramática del autor, y que, como tal, consideraremos más adelante. Interesa destacar que en sus juicios sobre el teatro antiguo y contemporáneo critica a Shakespeare por su fantasía excesiva y la falta de unidades en sus obras, y a Lope por su atropellamiento, los frecuentes anacronismos, su infracción de las reglas, etcétera.

Como autor literario, Moratín era un escritor perezoso (según Silvela, uno de sus biógrafos); de ahí la escasa obra que produjo, lo cual se debió también a que le afectaban bastante las críticas adversas. Corregía y limaba sin cesar antes de considerar definitivo un texto, y opinaba que un buen autor debía quitar «la rústica y varonil energía de su primera concepción», esto es, había de trabajar aquello que la inspiración le dictaba. Moratín, al igual que Galdós un siglo después, escogió escribir desde y para la clase media y, también como el narrador realista, algo recogió del tono irónico, el humor y el agradable estilo de Cervantes. Amante de la moderación también en literatura, su diálogo es sencillo, sin excesivo embellecimiento en la prosa, y en verso utiliza el romance por la misma búsqueda de sencillez.

Como obra de creación en prosa hay que recordar *La derrota de los pedantes*, sátira contra los vicios de la poesía española, en la que, al estilo de un sueño quevedesco, presenta a un grupo de malos escritores —los pedantes— que se rebelan contra Apolo y son vencidos.

Para Moratín, «pedante» es el autor que, careciendo de sensibilidad y sin ceñirse a los preceptos, se atreve a escribir. El teatro ha ofrecido a estos escritorzuelos un desquite, y así han provisto a la escena de comedias «a la antigua». Sin duda en el pedante que representa a los demás se ve el inicio de toda esa caterva de presumidos ignorantes como el don Hermógenes de *El café* o el familiar de doña Irene que escribía cartas en latín, en *El sí de las niñas*.

3.2. Poesía

Moratín antepuso su talante dramático al lírico. Él mismo se consideraba mal poeta lírico, aunque escribió poesía para desahogar sus sentimientos personales, y en sus versos aparecen acentos íntimos. Fue, como poeta y dramaturgo, un representante del gusto clásico que renace en el siglo XVIII, y esa perfección neoclásica le lleva a frenar su intimidad, a pesar de lo cual no se puede considerar ajeno a la sensibilidad romántica.

Estilísticamente su poesía busca la condensación a través de la selección, se preocupa por la corrección, por la armonía y el equilibrio, desprecia el exceso formal o de contenido (reprueba el uso de metáforas absurdas, epítetos desatinados, afectación de ternura...). Tema clave en sus composiciones es la nostalgia que arrastra a la melancolía;

aparece también la añoranza, el sentimiento personal de la muerte, el tema de la *aurea mediocritas*, y todo lo referido a las ruinas y la añoranza de lugares primitivos, que tanta importancia tendrán en el romanticismo. Es una poesía en la que no sobra nada; no hay exceso ni adorno, porque todo es fundamental.

Cabe distinguir en la producción poética de Moratín tres órdenes de composiciones, según Joaquín Arce:

— las ocasionales,
— las de creación imaginativa,
— las de expresión de su mundo afectivo.

Sin duda, las más interesantes se hallan en el último grupo, al que pertenece la famosa «Elegía a las musas», en la que conviven la forma clásica y el tono de elegía porque supone una despedida de la patria y de la vida. En ella destaca el dolor contenido del hombre que ante la vejez abandona su actividad creadora.

En cuanto al aspecto formal, Moratín, gran lector de Petrarca, compone sonetos (alguno autobiográfico), pero también romances, epigramas, epístolas, odas a imitación de Horacio. En general, mezcla metros clásicos y modernos.

Atención aparte merece la *Lección poética, sátira contra los vicios introducidos en la poesía castellana,* donde critica a la lírica del momento por sus arcaísmos y afrancesamiento, a la épica por su escasez de inventiva y a la dramática por sus excesos e inverosimilitudes.

3.3. *Teatro. Preceptiva dramática*

Para Moratín, la comedia es «imitación en diálogo (en prosa o en verso) de un suceso ocurrido en un lugar y en pocas horas, entre personas particulares, por medio del cual y de la oportuna expresión de afectos y caracteres resultan puestos en ridículo los vicios y errores comunes de la sociedad, y recomendadas por consiguiente la verdad y la virtud». Un género, pues, que busca la verosimilitud, aunque no copia la realidad (los hechos serán verosímiles, pero no ciertos, lo cual es fundamental para la obra que aquí se édita y su posible autobiografismo), porque la imitación hermosea los hechos a través del talento artístico, indispensable para que la enseñanza moral que se extrae de la pieza consiga también la belleza propia de una obra de arte.

La comedia pinta a los hombres como son, imita los incidentes de la vida doméstica y de estos acaeceres forma una fábula verosímil, instructiva y agradable. El ambiente será español, lo cual aleja a Moratín de la figura de Molière, que tiene pretensiones más universales.

La comedia moratiniana que cumple con las reglas (un lugar y pocas horas), que tiene un solo argumento sin episodios inútiles que distraigan, no sigue sin embargo a rajatabla los preceptos, y el propio autor señalaba que la buena comedia era la que mezclaba risa y llanto, hasta tal punto que algún crítico moderno ha destacado que lo verdaderamente interesante de la comedia moratiniana es su fondo de tragedia.

Sus personajes son corrientes, pertenecen a la clase media (más o menos afortunada económicamente), aunque el poeta escribe para todas las clases sociales reunidas en el teatro; son personajes particulares a los que les toca vivir situaciones cuya ejemplaridad sirva para que el público aprenda del teatro.

A Moratín le interesan unos cuantos asuntos que repite en sus comedias, ya sean originales o adaptadas; son asuntos que tienen que ver con los extravíos que nacen de la índole de los hombres, de la absoluta ignorancia, de los errores adquiridos en la educación, de las leyes contradictorias, del abuso de la autoridad doméstica, de los prejuicios vulgares o religiosos y de otros defectos como el orgullo y el interés personal: todo lo que puede perjudicar el interés privado y público. Estos asuntos se concretan en tres temas principales: los conciertos matrimoniales, la educación de los jóvenes y la comedia popular de su tiempo. Y todos estos temas se tratan en el seno de la nueva sociedad burguesa.

En cuanto al estilo, hay que señalar la ironía, que aparece en todas sus comedias; además quiere el autor que la comedia en lo ridículo no roce la grosería, y en lo afectuoso no se eleve demasiado. Se trata de un teatro detallista, en el que destacan el hábito de observación lingüística y el realismo. El lenguaje será castizo, y el asunto, de interés para el público.

3.4. *Las comedias*

Moratín compuso cinco comedias originales, pero tradujo y adaptó otras tres, dos de Molière, *El médico a palos* y *La escuela de los maridos*, y una de Shakespeare, *Hamlet*. Sus traducciones son libres y se adaptan a la realidad española. En ocasiones modifica mucho, porque quiere moldear la obra hacia el buen gusto y la decencia y, sobre todo, hacia la verosimilitud; así, por ejemplo, intenta frenar la libertad y exuberancia del autor francés evitando procedimientos groseros de provocar la risa (palizas, caídas, etc.). En el *Hamlet*, por el contrario, procura ser lo más fiel posible a Shakespeare, autor del que aprecia enormes aciertos y errores (la coexistencia de lo elevado y lo vulgar, las inverosimilitudes...) y que se propone dar a conocer en España.

La escuela de los maridos plantea el problema de la educación de los jóvenes. Es la historia de don Manuel y su hermano don Gregorio, que son tutores de dos muchachas a las que educan el primero en libertad, el segundo represivamente. Los hechos se encargarán de dar la razón a don

Manuel cuando Leonor, la joven educada por don Gregorio, huya para casarse con su amante. Como se ve, hay una importante conexión con *La mojigata*.

También en *El médico a palos* hay un matrimonio de jóvenes contrariados que se lleva a efecto por la intercesión de Bartolo, el falso médico que finge saber latín y curar cuando es apaleado (similar, por tanto, a los pedantes moratinianos).

En cuanto a sus comedias originales, se ha señalado que sus temas fundamentales son los matrimonios desiguales, la educación de los jóvenes y la comedia de su tiempo; ahora bien, esos tres asuntos pueden resumirse perfectamente en el tema de la educación, ya sea de las jóvenes para elegir estado (matrimonio o religión, caso de *El sí, El barón, El viejo* o *La mojigata*), ya de los malos autores de comedias (caso de *El café*). En algunas obras coexisten varios de estos asuntos (en *El café*, por ejemplo, aparece el mal autor, porque carece de la educación necesaria, y el .de la joven que va a protagonizar un casamiento desigual).

En cualquier caso, la figura de la mujer ocupa un papel fundamental en las obras de Moratín, quizá porque las soluciones que se le ofrecían a la mujer para ocupar un papel en la vida eran escasas y porque su educación la privaba de la libertad necesaria para poder elegir según sus gustos. Directamente relacionado con la figura femenina se halla el tema de las uniones desiguales (sobre todo por la edad), las cuales no eran solo ficción, según ha documentado Andioc.

Todas estas preocupaciones se plasman en las cinco comedias originales del autor.

La primera, *El viejo y la niña* (estrenada en 1790), en verso, guarda una estrecha relación con *El sí de las niñas*; también aquí una joven, Isabel, está relacionada con un viejo, don Roque, avaro y sin sentido común. Un día llega el joven don Juan, al que don Roque tiene que acoger en su casa, y resulta ser el antiguo novio de la niña, la cual, educada por un tutor malvado al que movía el interés, se vio obligada a olvidarle y a casarse con el viejo. El conflicto, pues, consiste en que don Roque sospecha de la fidelidad de su mujer, cuando esta hace que don Juan se resigne, la olvide y se marche, para ingresar ella misma en un convento.

Se trata de una comedia de escasa acción, con el tiempo detenido; en ella, el talento de Moratín parece querer tomar el pulso a un tema: el matrimonio contra el deseo de los contrayentes, consecuencia de la mala educación movida por el interés. Esa educación a cargo de una persona ajena a los padres, el tutor, que actúa de forma interesada y no por amor, se manifiesta en un rigor que empuja a los jóvenes a la hipocresía.

El final, sin embargo, en cuanto es una negativa a seguir fingiendo, supone un aviso a la autoridad de don Roque y de todos los opresores de los jóvenes. El adulterio aquí no llega a producirse, pero solo gracias a que Isabel reacciona a favor del deber, destruyendo así su felicidad.

Se ha dicho que la comedia tiene fondo de tragedia y que se acerca a la comedia lacrimosa. Efectivamente, el patetismo de las situaciones, la resignación moratiniana que muestra el galán y la infelicidad que supone la solución a la que se llega, convierten a esta obra en algo más que una comedia convencional, pues de su término resulta la extrema infelicidad de los personajes, lo cual se acerca a la tragedia. Visión triste y pesimista, muy melancólica, de la vida, en esta comedia «sin amor» (Lázaro).

La comedia nueva (estrenada en 1792) es la siguiente obra, esta en prosa; trata de las vicisitudes del estreno de *El gran cerco de Viena,* comedia de don Eleuterio, un autorcillo que carece del talento y la instrucción necesarios para ser un buen dramaturgo. En realidad es un infeliz al que su familia y los malos consejos del pedantón don Hermógenes —que va a casar con, doña Mariquita, hermana del autor— han empujado a componer teatro.

La comedia de don Eleuterio tiene todos los defectos del mal teatro de la época: carece de ingenio (que sí tenía la comedia antigua) y adolece de estupidez; se acumulan los lances, inverosimilitudes, embrollos, caracteres mal escogidos, falta la adecuación del estilo a los personajes elevados, y, sobre todo, faltan el fin moral y el buen gusto. En conclusión, la comedia fracasa, don Hermógenes —que perseguía un fin económico— escapa, y don Pedro —*alter ego* de Moratín— ofrece un trabajo al bueno de don Eleuterio, que olvida sus pretensiones.

También en esta comedia el argumento es escaso y la acción parece detenida como el reloj de don Hermógenes, hasta el acto segundo; y es que lo que importa es la descripción de caracteres y la crítica al teatro de su tiempo. Una crítica en la que la habitual moderación de Moratín se reviste de cierta agresividad y dureza, sobre todo contra aquellos personajes como don Hermógenes que no rectifican a tiempo. Como a la obra anterior, también a *La comedia nueva* se le ha achacado el defecto de la mala construcción de personajes, los cuales estarían dotados de poca profundidad (pues cambian fácilmente de actitud).

El barón (estrenada en 1803) nació como zarzuela y se convirtió en comedia después. Presenta al falso barón de Montepino que quiere casar en Illescas con la joven Isabel, enamorada de Leonardo, porque a la madre de aquella se le antoja pertenecer a la nobleza, descollar sobre sus convecinos y dejar su lugar para instalarse en la corte, a pesar de los consejos de su cuerdo hermano don Pedro. Toda la comedia girará en torno al impostor (que tanto recuerda a *Tartufo*) y a la madre, a la cual se le propone matrimonio con un tío del barón. Al final, este huye, después de haber sido retado por Leonardo para desenmascararle.

La tía Mónica es una mujer despótica, supersticiosa y

beata que será burlada, pero rectificará al final. Ha vivido cierto tiempo en Madrid y el teatro de allí la ha deslumbrado hasta tal punto que confunde realidad y ficción, y así, cree que va a emparentar con la nobleza, e imagina que son reales los nombres exóticos que aparecen en las comedias de su tiempo. Pero su hermano (siempre la figura del juicioso hombre maduro) la desengaña, porque «en el mundo no pasa / nada de eso».

Al final se consigue la felicidad, que no procede del dinero ni del ascenso social, sino del afecto entre las personas y el conformarse (*aurea mediocritas* nuevamente) con la situación no solo social, sino geográfica, de cada uno.

A *El barón* se le ha reprochado su cercanía a la farsa, su escasa coherencia, la poca madurez y escasa perfección artística que en ella muestra su autor, el hecho de que se aproveche el humor de algunas situaciones grotescas, lo cual —entre otras circunstancias— recuerda al teatro del Siglo de Oro. No se le puede negar, sin embargo, la fuerza dramática en la creación de algunos caracteres, como el del decidido Leonardo, que sabe que su situación exige osadía y no «cobardes quejas».

La mojigata (estrenada en 1804) presenta la diferente educación que reciben Inés y Clara de sus padres, don Luis y don Martín; el primero educa a su hija en libertad, dejando que sea ella la que escoja estado y marido; don Martín ha educado a la suya con mano férrea y ha procurado inclinarla hacia el estado religioso movido por el interés económico de obtener una herencia. Este hecho origina en Clara (obsérvese el nombre) una actitud falsa de mojigatería, cuando finge una vocación religiosa que no posee.

La acción se complica cuando don Claudio, joven majo al que le caben todos los defectos (jugador, mentiroso, apicarado, necio...) viene para casarse con Inés y se enamora de Clara. Esta, después de melindrosas negativas, acaba declarando su amor y se casan en secreto para obtener la prometida herencia; pero esta llega para Inés, ya que el pariente que la enviaba había decidido cambiar de destinataria al saber la vocación religiosa de Clara. Inés, en un ejemplo de virtud suprema (consecuencia de la educación recibida), compartirá con su díscola prima la mitad del dinero, y la obra acaba con los perdones y arrepentimientos consabidos.

Dos temas aparecen en esta comedia: la actuación de los padres en la educación de los hijos y la crítica a la beatería religiosa. Y es que en todos los estados se sirve a Dios, recordarán los personajes «ilustrados» del teatro de Moratín, que son los que educan a sus hijos con una libertad controlada que les conduzca a la práctica de la virtud y, por consiguiente, a la felicidad. La otra forma, la de la autoridad excesiva, desemboca en violencia y en injusticia. En este sentido también se puede considerar *La mojigata* como un aviso al espectador de lo que debe hacer si quiere obrar bien.

Con *El sí de las niñas* (estrenada en 1806) Moratín culminaría un proceso creativo: el de la comedia de costumbres y caracteres burgueses. Vuelve en esta obra sobre unos temas que ya aparecían en las anteriores; se han señalado, por otra parte, algunos precedentes —en Molière, Marivaux y Rojas Zorrilla— del tema principal; pero, en cualquier caso, ahora la realización dramática es perfecta, como corresponde a un autor en la cumbre de su madurez literaria y que ya no compondrá más teatro.

BIBLIOGRAFÍA

Andioc, René: *Teatro y sociedad en el Madrid del siglo XVIII*, Madrid, Castalia, 1988, 2.ª ed. corregida y aumentada. Libro básico para estudiar el teatro en la España del XVIII desde una perspectiva sociológica. Especialmente importante es el cap. VIII, dedicado a la comedia neoclásica.

Calderone, Antonietta y Doménech, Fernando: «La comedia neoclásica. Moratín», en *Historia del teatro español*, dirigida por Javier Huerta Calvo, Madrid, Gredos, 2003, II, pp. 1603-1651. Estudio del género de la comedia neoclásica y del lugar que ocupó en el mismo Moratín, con repaso de sus ideas teatrales y un análisis de cada una de sus comedias.

Casalduero, Joaquín: «Forma y sentido en "El sí de las niñas"», *Estudios sobre el teatro español*, Madrid, Gredos, 1972, 3.ª ed. aumentada. («Biblioteca Románica Hispánica. Estudios y Ensayos», 57). Estudio clásico y breve sobre la estructura, los personajes y otros aspectos capitales de la obra.

Doménech, Fernando: *Leandro Fernández de Moratín*, Madrid, Síntesis, 2003. Un resumen serio, riguroso y puesto al día de todo lo referente a la vida y las ideas de Moratín, y un análisis pormenorizado, pero accesible, de su obra dramática y de la situación del teatro en su tiempo.

Higashitani, Hidehito: *El teatro de Leandro Fernández de Moratín*, Madrid, Playor, 1973. Aparte de una breve y simplista introducción biográfica, estudia la estructura de cada una de las comedias originales y traducidas, y las ideas teatrales de Moratín.

Rossi, Giuseppe Carlo: *Leandro Fernández de Moratín. Introducción a su vida y obra*, Madrid, Cátedra, 1974. Aproximación sencilla y accesible a Moratín como hombre y como autor literario al que le toca vivir una determinada época.

Ruiz Ramón, Francisco: *Historia del teatro español. (Desde sus orígenes hasta 1900)*, Madrid, Cátedra, 1986, 6ª ed. Ofrece una visión de conjunto breve y sugerente del teatro de la época y de las comedias originales de Moratín. Interesa especialmente el cap. «El teatro del siglo xviii y primer tercio del xix».

Vivanco, Luis Felipe: *Moratín y la ilustración mágica*, Madrid, Taurus, 1972 («Persiles», núm. 53). Libro de agradable lectura que contiene datos curiosos sobre el autor, además de un estudio de su personalidad y obras en un momento crucial en el siglo: el de la ilustración mágica.

Ténganse en cuenta además los estudios preliminares de las ediciones de René Andioc, Fernando Lázaro Carreter y Jesús Pérez Magallón, citadas en la Nota previa.

Retrato de Leandro Fernández de Moratín.
Litografía de G. Blanco en *Obras de Don Leandro Fernández de Moratín*,
Imp. Aguado, Madrid, 1830.

EL SÍ DE LAS NIÑAS.

COMEDIA

EN TRES ACTOS,

EN PROSA.

SU AUTOR

INARCO CELENIO

P. A.

Estas son las seguridades que dan los padres, y los tutores, y esto lo que se debe fiar en el sí de las niñas. ACT. III. SCENA XIII.

Arriba: portada facsímile de la segunda edición de *El sí de las niñas*.
Debajo: firma autógrafa del autor.

Página siguiente (derecha):
manuscrito autógrafo de otra de las obras más conocidas
de Moratín, *La mojigata*.

que es el remedio la ausencia.
El no quiere á Dª Ines:
la aborrece.

D. Clara — — Que me cuentas?

Perico — — I al mismo tiempo, por obra
está, que se desespera.

D. Clara — — Que dices? Cosas del mundo!
Con que es de Ocaña?... Por fuerza
de alli será.

Perico — — No Señora,
no es de alli.

D. Clara — — Pues que pudiera
tener ya en Toledo amores?
Dimelo todo.. I no temas
que se lo cuente á mi prima
no.

Perico — — Con que ha de ser? Pues ea:
Señora, el os quiere y...

D. Clara — — Como?.

Perico — — I os quiere de tal manera,
que es frenesi:

D. Clara — — Que osadia!
Pues.. vete, vete y no vuelvas
á verme nunca.

Perico — — De vos
no esperaba otra respuesta.
Por falta de reprehension
y de consejos no queda,
que bien claro se lo he dicho;
pero la pasion le ciega...
Quedad con Dios.[(1)]

(1) Hace qᵉ se va

A

B

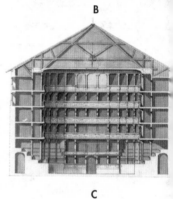

C

Planos del desaparecido Teatro de la Cruz, en la calle de Madrid del mismo nombre, donde en 1806 se estrenó *El sí de las niñas*.

A Fachada principal
B Sección interior, mirando al escenario
C Sección interior, mirando hacia el público
D Planta

D

Una escena de *El sí de las niñas*, París, 1825.

Mausoleo de Moratín en el cementerio
de San Ildefonso, en Madrid.

NOTA PREVIA

La edición que se reproduce aquí es la definitiva fijada por René Andioc para Clásicos Castalia. Se ha manejado la 5ª edición (1987), de la cual se corrigen algunas erratas evidentes.

El texto fijado por Andioc se basa en el de las *Obras dramáticas y líricas de Moratín*, París, 1825, para el que tuvo a la vista un ejemplar con correcciones autógrafas del propio don Leandro. No obstante, como la edición de 1825 suprime algunos pasajes de la primera (1805), se han tenido en cuenta también las anotaciones en que Andioc los reproduce. Las supresiones de mayor interés pueden verse en nuestra sección de Documentos.

Hemos tenido también en cuenta las ediciones de Fernando Lázaro Carreter, en Labor (1970), José María Legido, en Burdeos (1987) y Jesús Pérez Magallón, en Crítica (1994).

Queremos agradecer muy encarecidamente las observaciones que el profesor René Andioc ha tenido ha bien hacernos llegar para corregir algunos errores que se habían deslizado en nuestra primera edición.

EL SÍ
DE LAS NIÑAS

ADVERTENCIA

El sí de las niñas se representó en el teatro de la Cruz el día 24 de enero de 1806, y si puede dudarse cuál sea entre las comedias del autor la más estimable, no cabe duda en que esta ha sido la que el público español recibió con mayores aplausos. Duraron sus primeras representaciones veinte y seis días consecutivos, hasta que llegada la cuaresma se cerraron los teatros como era costumbre. [1] Mientras el público de Madrid acudía a verla, ya se representaba por los cómicos de las provincias, y una culta reunión de personas ilustres e inteligentes se anticipaba en Zaragoza a ejecutarla en un teatro particular, mereciendo por el acierto de su desempeño la aprobación de cuantos fueron admitidos a oírla. Entretanto se repetían las ediciones de esta obra: cuatro se hicieron en Madrid durante el año de 1806, y todas fueron necesarias para satisfacer la común curiosidad de leerla, excitada por las representaciones del teatro.

¡Cuánta debió ser entonces la indignación de los que no gustan de la ajena celebridad, de los que ganan la vida

---

[1] Si se tiene en cuenta que lo habitual en la época era que una comedia durara tres o cuatro días en cartel, se comprenderá la importancia de esta afirmación del autor. La obra alcanzó un éxito sin precedentes, éxito sólo interrumpido por la llegada de la Cuaresma.

buscando defectos en todo lo que otros hacen, de los que escriben comedias sin conocer el arte de escribirlas, y de los que no quieren ver descubiertos en la escena vicios y errores tan funestos a la sociedad como favorables a sus privados intereses! [2] La aprobación pública reprimió los ímpetus de los críticos folicularios: [3] nada imprimieron contra esta comedia, y la multitud de exámenes, notas, advertencias y observaciones a que dio ocasión, igualmente que las contestaciones y defensas que se hicieron de ella, todo quedó manuscrito. Por consiguiente, no podían bastar estos imperfectos desahogos a satisfacer la animosidad [4] de los émulos [5] del autor, ni el encono [6] de los que resisten a toda ilustración y se obstinan en perpetuar las tinieblas de la ignorancia. Estos acudieron al modo más cómodo, más pronto y más eficaz, y si no lograron el resultado que esperaban, no hay que atribuirlo a su poca diligencia. Fueron muchas las delaciones que se hicieron de esta comedia al tribunal de la Inquisición. [7] Los calificadores tuvieron no poco que hacer en examinarlas y fijar su opinión acerca de los pasajes citados como reprensibles; y en efecto, no era pequeña dificultad hallarlos tales en una obra en que no existe ni

---

[2] Las perífrasis anteriores aluden a los literatos envidiosos, a los críticos, a los malos autores y a los propios representantes de esa sociedad fustigada por Moratín.

[3] *folicularios*: partidistas, referido a los periodistas.

[4] *animosidad*: hostilidad.

[5] *émulos*: imitadores.

[6] *encono*: rencor.

[7] El Tribunal del Santo Oficio pasaba durante el siglo XVIII por una situación de decadencia que terminaría —después de algún período de pujanza— con su desaparición, ya en el siglo XIX. Entre otras, la Inquisición tenía la atribución de censurar las obras denunciadas previamente y, en su caso, prohibirlas o suprimir pasajes, frases o palabras que atentaran contra la moral cristiana.

una sola proposición opuesta al dogma ni a la moral cristiana.

Un ministro, [8] cuya principal obligación era la de favorecer los buenos estudios, hablaba el lenguaje de los fanáticos más feroces, y anunciaba la ruina del autor de *El sí de las niñas* como la de un delincuente merecedor de grave castigo. Tales son los obstáculos que han impedido frecuentemente en España el progreso rápido de las luces, y esta oposición poderosa han tenido que temer los que han dedicado en ella su aplicación y su talento a la indagación de verdades útiles y al fomento y esplendor de la literatura y de las artes. Sin embargo, la tempestad que amenazaba se disipó a la presencia del Príncipe de la Paz; [9] su respeto contuvo el furor de los ignorantes y malvados hipócritas que, no atreviéndose por entonces a moverse, remitieron [10] su venganza para ocasión más favorable.

En cuanto a la ejecución de esta pieza, basta decir que los actores se esmeraron a porfía [11] en acreditarla, y que solo excedieron al mérito de los demás los papeles de doña Irene, doña Francisca y don Diego. En el primero se distinguió María Ribera, [12] por la inimitable naturalidad y gracia cómica con que supo hacerle. Josefa Virg [13] rivalizó con ella en el suyo, y Andrés Prieto, nuevo entonces en los teatros de

---

[8] *ministro:* Galdós en *La corte de Carlos IV* atribuye tal persecución al ministro Caballero, el cual tenía mala intención contra Moratín, según afirma el profesor Fernández Nieto.

[9] Sobrenombre que recibe Manuel Godoy, favorito de Carlos IV, después del tratado de Basilea (1795).

[10] *remitieron:* pospusieron.

[11] *se esmeraron a porfía:* compitieron entre sí en la interpretación.

[12] Célebre actriz que interpretó también el papel de doña Agustina en *El café*, en su reposición (1799), y el de tía Mónica en *El barón* (1803).

[13] Actriz que intervino asimismo en *La escuela de los maridos* (1812), una de las obras traducidas por Moratín.

Madrid, adquirió el concepto de actor inteligente que hoy
retiene todavía con general aceptación. [1]

(1) Esta «Advertencia» o diálogo de Moratín con el lector (no se
olvide que las comedias también se imprimían) desempeña la
función del prólogo en una novela. Su cometido es triple: por una
parte, encarecer las virtudes de la obra y así justificar el éxito que
alcanzó; por otra, señalar la injusta oposición a que se vio sometida
por los enemigos del autor, si bien nada lograron contra ella; y en
tercer lugar, alabar el papel de los actores que la estrenaron. Nótese
la presencia de términos como «luces», «ilustración», «tinieblas de
la ignorancia», «verdades útiles», que nos remiten inequívocamen-
te al ideario ilustrado de la época.

PERSONAS

DON DIEGO

DON CARLOS

DOÑA IRENE

DOÑA FRANCISCA

RITA

SIMÓN

CALAMOCHA [2]

La escena es en una posada de Alcalá de Henares.

El teatro representa una sala de paso con cuatro puertas de habitaciones para huéspedes, numeradas todas. Una más grande en el foro, [1] con escalera que conduce al piso bajo de la casa. Ventana de antepecho [2] a un lado. Una mesa en medio, con banco, sillas, etc.

---

[1] *foro*: fondo del escenario.   [2] *de antepecho*: con barandilla que impide caerse cuando uno se asoma.

(2) Siete personajes intervienen en la obra, escaso número si se compara con la cifra de veinte o más que podían aparecer en una comedia barroca. Moratín, ya en este aspecto, prescinde de lo inútil o accesorio, porque la economía en el número de personajes refuerza además la unidad de acción. Obsérvese que son fácilmente divisibles según su sexo (cuatro hombres y tres mujeres) y su posición social (cuatro tienen derecho al tratamiento de *don*, tres no —justamente los últimos, que son los criados—). Moratín no aporta ningún rasgo caracterizador, como la edad, el parentesco, el papel que desarrollan u otras cualidades que deberán ser delimitadas a través del diálogo.

La acción empieza a las siete de la tarde y acaba a las cinco de la mañana siguiente. [3]

---

(3) La acción va a ocurrir en una posada de Alcalá (quizá la de la calle del Tinte, o la de la calle de Libreros, pues en la esc. 16 del acto II Rita dice que está a un paso de Puerta de Mártires, y don Diego, en la esc. 1 del acto siguiente, que da a un callejón). El escenario se presta a la verosimilitud y favorece que el lector-espectador considere lo que va a presenciar como algo cercano, que quizá le podría haber sucedido a él. Este escenario se mantendrá hasta el final de la obra, respetando así la unidad de lugar. Algún crítico moderno ha considerado algo forzado el que los personajes coincidan casualmente en este lugar de paso. Hay que reparar en el hecho de que las puertas están numeradas, tal vez no tanto por afán de detallismo, como por el no menos importante afán de claridad y deseo de que no se confunda el espectador.

Por otra parte, la acción transcurre en diez horas, margen suficiente para que no se dañe la naturalidad de la obra, que respeta también la unidad de tiempo. Aunque no se diga el año, es claro que los hechos ocurren en la época del autor. La obra empieza por la tarde —con luz escasa, pues—, se desarrolla por la noche —sin luz natural— y termina con la llegada del nuevo día, que tiene que ver simbólicamente con el triunfo de «las luces» (la razón) sobre las «tinieblas de la ignorancia» a que antes aludía el autor.

ACTO I

ESCENA PRIMERA

DON DIEGO, SIMÓN

(Sale don Diego de su cuarto. Simón, que está sentado en una silla, se levanta)

DON DIEGO
¿No han venido todavía?

SIMÓN
No, señor.

DON DIEGO
Despacio la han tomado, por cierto.

SIMÓN
Como su tía la quiere tanto, según parece, y no la ha visto desde que la llevaron a Guadalajara...

DON DIEGO
Sí. Yo no digo que no la viese; pero con media hora de visita y cuatro lágrimas estaba concluido.

SIMÓN

Ello [3] también ha sido extraña determinación la de estarse usted dos días enteros sin salir de la posada. Cansa el leer, cansa el dormir... Y, sobre todo, cansa la mugre del cuarto, las sillas desvencijadas, las estampas del *hijo pródigo*, [4] el ruido de campanillas y cascabeles y la conversación ronca de carromateros y patanes, [5] que no permiten un instante de quietud.

DON DIEGO

Ha sido conveniente el hacerlo así. Aquí me conocen todos, y no he querido que nadie me vea.

SIMÓN

Yo no alcanzo [6] la causa de tanto retiro. Pues ¿hay más en esto que haber acompañado usted a doña Irene hasta Guadalajara, para sacar del convento [7] a la niña [8] y volvernos con ellas a Madrid?

DON DIEGO

Sí, hombre; algo más hay de lo que has visto.

SIMÓN

Adelante.

---

[3] *Ello*: Aunque cada vez más vacío de significado, este pronombre neutro aparece aquí en función de sujeto impersonal que después se explicita: *la de estarse*. [4] *estampas del hijo pródigo*: láminas decorativas que representan este pasaje bíblico, en que un hijo desobedece a su padre para posteriormente reconciliarse con él (Lucas, 15, 11). [5] *patanes*: aldeanos. [6] *alcanzo*: comprendo. [7] *convento*: tal vez se refiera al Colegio de las Vírgenes, del convento de Nuestra Señora de la Fuente, dirigido por carmelitas descalzas (Andioc). [8] *niña*: no tiene aquí el significado actual, equivale a «joven soltera». Paquita —que es a quien se alude— tiene dieciséis años y doña Isabel, protagonista de *El viejo y la niña*, cerca de diecinueve.

DON DIEGO

Algo, algo... Ello [9] tú al cabo lo has de saber, y no puede tardarse mucho... Mira, Simón, por Dios te encargo que no lo digas... Tú eres hombre de bien, [10] y me has servido muchos años con fidelidad... Ya ves que hemos sacado a esa niña del convento y nos la llevamos a Madrid.

SIMÓN

Sí, señor.

DON DIEGO

Pues bien... Pero te vuelvo a encargar que a nadie lo descubras.

SIMÓN

Bien está, señor. Jamás he gustado de chismes.

DON DIEGO

Ya lo sé, por eso quiero fiarme de ti. Yo, la verdad, nunca había visto a la tal doña Paquita; pero mediante la amistad con su madre, he tenido frecuentes noticias de ella; he leído muchas de las cartas que escribía; he visto algunas de su tía la monja, con quien ha vivido en Guadalajara; en suma, he tenido cuantos informes pudiera desear acerca de sus inclinaciones y su conducta. Ya he logrado verla; he procurado observarla en estos pocos días, y a decir verdad, cuantos elogios hicieron de ella me parecen escasos.

---

[9] *Ello*: Véase la nota 3. Aquí es reproductor del antecedente *algo,* tiene valor pleonástico al aparecer después *lo.* [10] *hombre de bien*: este concepto aparece varias veces en la obra para referirse a Simón y a don Carlos. Paralelamente se encuentra el de *mujer de bien* aplicado a Paquita. Ya Cadalso cifró en él el ideal ético del ser humano en el siglo XVIII; el hombre de bien es el que cultiva la virtud y es bueno para todos, lo cual es más importante que destacar en las armas o las letras.

SIMÓN

Sí, por cierto... Es muy linda y...

DON DIEGO

Es muy linda, muy graciosa, muy humilde... Y sobre todo, ¡aquel candor, aquella inocencia! Vamos, es de lo que no se encuentra por ahí... Y talento... Sí señor, mucho talento... Conque, para acabar de informarte, lo que yo he pensado es...

SIMÓN

No hay que decírmelo.

DON DIEGO

¿No? ¿Por qué?

SIMÓN

Porque ya lo adivino. Y me parece excelente idea.

DON DIEGO

¿Qué dices?

SIMÓN

Excelente.

DON DIEGO

¿Conque al instante has conocido?... [11]

SIMÓN

¿Pues no es claro?... ¡Vaya!... Dígole a usted que me parece muy buena boda. Buena, buena.

---

[11] *has conocido*: te has dado cuenta.

DON DIEGO

Sí, señor... Yo lo he mirado [12] bien, y lo tengo por cosa muy acertada.

SIMÓN

Seguro que sí.

DON DIEGO

Pero quiero absolutamente que no se sepa hasta que esté hecho.

SIMÓN

Y en eso hace usted bien.

DON DIEGO

Porque no todos ven las cosas de una manera, y no faltaría quien murmurase, y dijese que era una locura, y me...

SIMÓN

¿Locura? ¡Buena locura!... ¿Con una chica como esa, eh?

DON DIEGO

Pues ya ves tú. Ella es una pobre... Eso sí... Pero yo no he buscado dinero, que dineros tengo; he buscado modestia, recogimiento, virtud.

SIMÓN

Eso es lo principal... Y, sobre todo, lo que usted tiene ¿para quién ha de ser?

---

[12] *mirado*: considerado.

DON DIEGO

Dices bien... ¿Y sabes tú lo que es una mujer aprovechada, hacendosa, que sepa cuidar de la casa, economizar, estar en todo?... Siempre lidiando con amas, que si una es mala, otra es peor, regalonas, [13] entremetidas, habladoras, llenas de histérico, [14] viejas, feas como demonios... No señor; vida nueva. Tendré quien me asista con amor y fidelidad, y viviremos como unos santos... Y deja que hablen y murmuren y... [4]

SIMÓN

Pero siendo a gusto de entrambos, ¿qué pueden decir?

DON DIEGO

No, yo ya sé lo que dirán; pero... Dirán que la boda es desigual, que no hay proporción en la edad, que...

---

[13] *regalonas:* comodonas.   [14] *histérico*: histerismo, excitación nerviosa.

---

(4) La definición de personajes ausentes en boca de otros es un procedimiento habitual de presentarlos. Así el público está prevenido en contra o a favor de unos personajes que después, con su actuación, desmentirán o no esos prejuicios. Doña Paquita es toda virtud, según don Diego; su modestia, humildad y recogimiento forman el ideal de esposa de la época (aunque la realidad fuera otra), que se quería para «cuidar de la casa, economizar, estar en todo». Cabe pensar que el público estuviera predispuesto contra la joven, sobre todo por ese aislamiento conventual y esa inocencia que podría llevar a doña Paquita a ser comparada con la hipócrita Clara de *La mojigata*. El viejo don Diego busca en ella más una abnegada enfermera que una esposa, su amor —dirá más adelante— se parece a la amistad, nada tiene que ver con la pasión que luego mostrará don Carlos.

SIMÓN

Vamos, que no me parece tan notable la diferencia. Siete u ocho años a lo más...

DON DIEGO

¡Qué, hombre! ¿Qué hablas de siete u ocho años? Si ella ha cumplido dieciséis años pocos meses ha.

SIMÓN

Y bien, ¿qué?

DON DIEGO

Y yo, aunque gracias a Dios estoy robusto y... Con todo eso, mis cincuenta y nueve años no hay quien me los quite.

SIMÓN

Pero si yo no hablo de eso.

DON DIEGO

Pues ¿de qué hablas?

SIMÓN

Decía que... Vamos, o usted no acaba de explicarse, o yo lo entiendo al revés... En suma, esta doña Paquita, ¿con quién se casa?

DON DIEGO

¿Ahora estamos ahí? Conmigo.

SIMÓN

¿Con usted?

DON DIEGO

Conmigo.

SIMÓN

¡Medrados quedamos! [15]

DON DIEGO

¿Qué dices?... Vamos, ¿qué?...

SIMÓN

¡Y pensaba yo haber adivinado!

DON DIEGO

Pues ¿qué creías? ¿Para quién juzgaste que la destinaba yo?

SIMÓN

Para don Carlos, su sobrino de usted, mozo de talento, instruido, excelente soldado, amabilísimo [16] por todas sus circunstancias... Para ese juzgué que se guardaba la tal niña. [(5)]

DON DIEGO

Pues no señor.

---

[15] *¡Medrados quedamos!*: ¡Pues estamos bien!   [16] *amabilísimo*: que merece ser muy querido.

~~~~~~

(5) Momento clave del equívoco que se produce entre amo y criado: este entendía que el novio era don Carlos, joven sobrino de su amo. Tal confusión, que ciertamente ridiculiza la pretensión de don Diego, tiene claras similitudes con otras del acto I de *El avaro* y el acto II de *La escuela de las mujeres*, de Molière; en esta última, la joven Isabel también ha sido educada en un convento y es tan ingenua que cree que las mujeres paren por una manga; tiene —sin embargo— relaciones con un galán.

SIMÓN

Pues bien está.

DON DIEGO

¡Mire usted qué idea! ¡Con el otro la había de ir a casar!... No señor; que estudie sus matemáticas.

SIMÓN

Ya las estudia; o, por mejor decir, ya las enseña.

DON DIEGO

Que se haga hombre de valor y...

SIMÓN

¡Valor! ¿Todavía pide usted más valor a un oficial que en la última guerra, [17] con muy pocos que se atrevieron a seguirle, tomó dos baterías, [18] clavó los cañones, [19] hizo algunos prisioneros, y volvió al campo lleno de heridas y cubierto de sangre?... Pues bien satisfecho quedó usted entonces del valor de su sobrino; y yo le vi a usted más de cuatro veces llorar de alegría cuando el rey le premió con el grado de teniente coronel [20] y una cruz de Alcántara. [21] (6)

---

[17] Probablemente se refiera a la que se mantuvo contra Francia, la cual acabó con el tratado de Basilea; aunque no parece una alusión precisa. [18] *baterías*: unidades de artillería que se componen de varios cañones. [19] *clavó los cañones*: los inutilizó introduciendo un clavo de acero en los fogones. [20] *teniente coronel*: graduación solamente honorífica, como premio a su heroicidad. [21] *cruz de Alcántara*: condecoración que llevaba la insignia de esta orden militar.

(6) Nueva presentación de un personaje por definición de otros; en este caso es don Carlos, prototipo del joven ilustrado, valeroso con las armas, pero también preocupado por el estudio de las matemáticas, que son el símbolo del racionalismo y del progreso.

DON DIEGO

Sí señor; todo es verdad; pero no viene a cuento. Yo soy el que me caso.

SIMÓN

Si está usted bien seguro de que ella le quiere, si no la asusta [22] la diferencia de la edad, si su elección es libre...

DON DIEGO

Pues ¿no ha de serlo?... ¿Y qué sacarían con engañarme? Ya ves tú la religiosa de Guadalajara si es mujer de juicio; esta de Alcalá, aunque no la conozco, sé que es una señora de excelentes prendas, [23] mira tú si doña Irene querrá el bien de su hija; pues todas ellas me han dado cuantas seguridades puedo apetecer... La criada, que la ha servido en Madrid y más de cuatro años en el convento, se hace lenguas de ella; [24] y sobre todo me ha informado de que jamás observó en esta criatura la más remota inclinación a ninguno de los pocos hombres que ha podido ver en aquel encierro. Bordar, coser, leer libros devotos, oír misa y correr por la huerta detrás de las mariposas, y echar agua en los agujeros de las hormigas, estas han sido su ocupación y sus diversiones... ¿Qué dices?

---

[22] *no la asusta*: laísmo. Fenómeno frecuentísimo en Moratín y muy empleado en su siglo, tanto es así que fue admitido por la Academia hasta 1796, fecha en que lo declara incorrecto. Por su parte, el leísmo de persona —*ella le quiere*— alcanzó tal desarrollo en el XVIII que la Academia lo declaró como único uso correcto en esa misma fecha, después rectificaría. [23] *prendas*: cualidades. [24] *se hace lenguas de ella*: la alaba encarecidamente.

~~~~~~

Su preparación y disposición crean un vivo contraste con el ñoño recogimiento de Paquita. Más adelante, Moratín —en una muestra de perspectivismo— matizará su carácter al presentarlo don Diego como joven dado a los devaneos amorosos, una característica más acorde con la realidad, que anticipa el enredo de la obra.

SIMÓN

Yo nada, señor.

DON DIEGO

Y no pienses tú que, a pesar de tantas seguridades, no aprovecho las ocasiones que se presentan para ir ganando su amistad y su confianza, y lograr que se explique conmigo en absoluta libertad... Bien que aún hay tiempo... Solo que aquella doña Irene siempre la interrumpe; todo se lo habla... Y es muy buena mujer, buena...

SIMÓN

En fin, señor, yo desearé que salga como usted apetece.

DON DIEGO

Sí; yo espero en Dios que no ha de salir mal. Aunque el novio no es muy de tu gusto... ¡Y qué fuera de tiempo me recomendabas al tal sobrinito! ¿Sabes tú lo enfadado que estoy con él?

SIMÓN

Pues ¿qué ha hecho?

DON DIEGO

Una de las suyas... Y hasta pocos días ha no lo he sabido. El año pasado, ya lo viste, estuvo dos meses en Madrid... Y me costó buen dinero la tal visita... En fin, es mi sobrino, bien dado está; pero voy al asunto. Llegó el caso de irse a Zaragoza su regimiento... Ya te acuerdas de que a muy pocos días de haber salido de Madrid recibí la noticia de su llegada.

SIMÓN

Sí, señor.

DON DIEGO

Y que siguió escribiéndome, aunque algo perezoso, siempre con la data[25] de Zaragoza.

SIMÓN

Así es la verdad.

DON DIEGO

Pues el pícaro no estaba allí cuando me escribía las tales cartas.

SIMÓN

¿Qué dice usted?

DON DIEGO

Sí señor. El día tres de julio salió de mi casa, y a fines de septiembre aún no había llegado a sus pabellones...[26] ¿No te parece que para ir por la posta hizo muy buena diligencia?[27]

SIMÓN

Tal vez se pondría malo en el camino, y por no darle a usted pesadumbre...

DON DIEGO

Nada de eso. Amores del señor oficial y devaneos[28] que le traen loco... Por ahí en esas ciudades puede que... ¿Quién

---

[25] *data*: indicación de lugar y tiempo que se hace constar al inicio o final de una carta. [26] *pabellones*: alojamientos militares. [27] *¿No te parece que para ir por la posta hizo muy buena diligencia?*: antífrasis. *Ir por la posta* significa «ir de prisa», *diligencia* es lo mismo que «rapidez». La frase viene a significar irónicamente lo contrario de lo que dice y equivaldría a «¿No te parece que para ir de prisa llegó muy pronto?», cuando se sabe que tarda tres meses en cubrir una distancia relativamente corta. [28] *devaneos*: distracciones amorosas.

sabe? Si encuentra un par de ojos negros, ya es hombre perdido... ¡No permita Dios que me le engañe alguna bribona de estas que truecan el honor por el matrimonio! [29]

SIMÓN

¡Oh!, no hay que temer... Y si tropieza con alguna fullera [30] de amor, buenas cartas ha de tener para que le engañe.

DON DIEGO

Me parece que están ahí... Sí. Busca al mayoral, [31] y dile que venga, para quedar de acuerdo en la hora a que deberemos salir mañana.

SIMÓN

Bien está.

DON DIEGO

Ya te he dicho que no quiero que esto se trasluzca, ni... ¿Estamos?

SIMÓN

No haya [32] miedo que a nadie lo cuente.

(Simón se va por la puerta del foro. Salen por la misma las tres mujeres con mantillas y basquiñas. [33] *Rita deja un pañuelo atado sobre la mesa, y recoge las mantillas y las dobla.)* [7]

---

[29] *truecan el honor por el matrimonio*: consiguen una boda ventajosa sacrificando su honor. [30] *fullera*: tramposa. [31] *mayoral*: hombre que conduce las mulas de un carruaje. [32] *haya*: tenga. Uso arcaico de *haber* con sentido de propiedad. [33] *mantillas y basquiñas*: vestimentas femeninas propias de la clase

---

(7) Obsérvese la extensión de esta primera escena, que constituye una sucinta presentación del tema de la comedia, de otros motivos (la falta de libertad, la imposición de los padres, la

ESCENA II

DOÑA IRENE, DOÑA FRANCISCA, RITA, DON DIEGO

DOÑA FRANCISCA
Ya estamos acá.

DOÑA IRENE
¡Ay!, ¡qué escalera!

DON DIEGO
Muy bien venidas, señoras.

DOÑA IRENE
¿Conque usted, a lo que parece, no ha salido? *(Se sientan doña Irene y don Diego.)*

---

media de la época; la primera era un paño utilizado para cubrir la cabeza, mientras que la segunda era una especie de saya que se ponía sobre la ropa interior. Moratín opina que la comedia española «ha de llevar basquiña y mantilla», esto es, que ha de adaptarse a su tiempo y circunscribirse a la clase burguesa.

educación de los jóvenes...), de los principales personajes, que se han descrito esquemáticamente, y de los dos enredos de la comedia: el proyecto de matrimonio de don Diego y la conducta de su joven sobrino don Carlos. Todo ello aparece a través del diálogo entre aquel y Simón, lo cual ha sido considerado como artificioso. Higashitani juzga a este tipo de escenas como de exposición de «claves preliminares» de la obra.

DON DIEGO

No, señora. Luego, más tarde, daré una vueltecilla por ahí.. He leído un rato. Traté de dormir, pero en esta posada no se duerme.

DOÑA FRANCISCA

Es verdad que no... ¡Y qué mosquitos! Mala peste en ellos. Anoche no me dejaron parar... Pero mire usted, mire usted *(Desata el pañuelo y manifiesta* ³⁴ *algunas cosas de las que indica el diálogo)* cuántas cosillas traigo. Rosarios de nácar, cruces de ciprés, la regla de San Benito, ³⁵ una pililla de cristal... ³⁶ Mire usted qué bonita. Y dos corazones de talco... ³⁷ ¡Qué sé yo cuánto viene aquí!... ¡Ay!, y una campanilla de barro ³⁸ bendito para los truenos... ¡Tantas cosas!

DOÑA IRENE

Chucherías que la han dado las madres. Locas estaban con ella. ⁽⁸⁾

---

³⁴ *manifiesta*: enseña. ³⁵ *regla de San Benito*: librito con tapas bordadas que compendiaba la vida monástica según San Benito de Nursia y era utilizado como amuleto contra el mal de ojo. ³⁶ *pililla de cristal*: recipiente para el agua bendita. ³⁷ *corazones de talco*: pedazos de este material en forma de corazón a los que se atribuían virtudes sobrenaturales. ³⁸ *campanilla de barro*: artilugio que, según la creencia de la época, podía librar de los truenos.

~~~~~~

(8) Doña Francisca, en su primera intervención, confirma al espectador lo que podía temerse: la ingenuidad de una persona educada fuera del contacto del mundo. Una manera de mostrar esa ingenuidad es a través del ambiente supersticioso que crean todos los objetos a que se va refiriendo. Ya Feijoo, en su *Teatro crítico*, había luchado contra la excesiva credulidad del vulgo y ahora Moratín insistirá también en ello. Repárese, asimismo, en que todos estos objetos tienen relación con la Iglesia, pues doña Francisca los ha obtenido de las monjas. Se trata de una crítica implícita, como bien entendieron los contemporáneos del autor.

DOÑA FRANCISCA

¡Cómo me quieren todas! ¡Y mi tía, mi pobre tía lloraba tanto!... Es ya muy viejecita.

DOÑA IRENE

Ha sentido mucho no conocer a usted.

DOÑA FRANCISCA

Sí, es verdad. Decía: ¿por qué no ha venido aquel señor?

DOÑA IRENE

El padre capellán y el rector de los Verdes [39] nos han venido acompañando hasta la puerta.

DOÑA FRANCISCA

Toma *(Vuelve a atar el pañuelo y se le* [40] *da a Rita, la cual se va con él y con las mantillas al cuarto de doña Irene)*, guárdamelo todo allí, en la escusabaraja. [41] Mira, llévalo así, de las puntas... ¡Válgate Dios! ¡Eh! ¡Ya se ha roto la santa Gertrudis de alcorza! [42]

RITA

No importa; yo me la comeré.

---

[39] *los Verdes*: se refiere al colegio de Santa Catalina en Alcalá, llamado así por llevar sus colegiales el uniforme de ese color (Andioc). [40] *le*: leísmo de cosa. Fue abundante en el siglo XVIII, hasta el punto de aparecer en lugar de la forma etimológica *lo* en el *Diccionario de autoridades*. En el siglo XIX se produciría la reacción antileísta. Véase la nota 22. [41] *escusabaraja*: cesta de mimbre con tapa. [42] *santa Gertrudis de alcorza*: figurilla de azúcar y almidón que tal vez se utilizara para entretenerse vistiéndola y adornándola (Andioc).

ESCENA III

DOÑA IRENE, DOÑA FRANCISCA, DON DIEGO

DOÑA FRANCISCA

¿Nos vamos adentro, mamá, o nos quedamos aquí?

DOÑA IRENE

Ahora, niña, que quiero descansar un rato.

DON DIEGO

Hoy se ha dejado sentir el calor en forma. [43]

DOÑA IRENE

¡Y qué fresco tienen aquel locutorio! [44] Está hecho un cielo... *(Siéntase doña Francisca junto a su madre.)* Mi hermana es la que sigue siempre bastante delicada. Ha padecido mucho este invierno... Pero, vaya, no sabía qué hacerse con su sobrina la buena señora. Está muy contenta de nuestra [45] elección.

DON DIEGO

Yo celebro que sea tan a gusto de aquellas personas a quienes debe usted particulares obligaciones.

---

[43] *en forma*: en regla, abundantemente.   [44] *locutorio*: habitación de un convento, destinada para hablar con las visitas. Obsérvese que en la época existe una frase hecha, *estar en el locutorio*, que significa «hablar secretamente dos personas que se cortejan».   [45] *nuestra*: posesivo que aglutina a doña Irene y a sus familiares, nunca a doña Francisca.

DOÑA IRENE

Sí, Trinidad está muy contenta; y en cuanto a Circuncisión, [46] ya lo ha visto usted. La ha costado mucho despegarse de ella; pero ha conocido que siendo para su bienestar, es necesario pasar por todo... Ya se acuerda usted de lo expresiva que estuvo, y...

DON DIEGO

Es verdad. Solo falta que la parte interesada tenga la misma satisfacción que manifiestan cuantos la quieren bien.

DOÑA IRENE

Es hija obediente, y no se apartará jamás de lo que determine su madre.

DON DIEGO

Todo eso es cierto; pero...

DOÑA IRENE

Es de buena sangre, y ha de pensar bien, y ha de proceder con el honor que la corresponde.

DON DIEGO

Sí, ya estoy; pero ¿no pudiera, sin faltar a su honor ni a su sangre...?

DOÑA FRANCISCA

¿Me voy, mamá? *(Se levanta y vuelve a sentarse.)*

---

[46] *Circuncisión*: nombre que ridiculiza la práctica de adoptar sobrenombres de santos en los conventos (Andioc).

DOÑA IRENE

No pudiera, no señor. Una niña bien educada, hija de buenos padres, no puede menos de conducirse en todas ocasiones como es conveniente y debido. Un vivo retrato es la chica, ahí donde usted la ve, de su abuela que Dios perdone, doña Jerónima de Peralta... En casa tengo el cuadro, ya le habrá usted visto. Y le hicieron, según me contaba su merced, [47] para enviársele a su tío carnal el padre fray Serapión de San Juan Crisóstomo, electo obispo de Mechoacán. [48] [(9)]

---

[47] *su merced*: en *El sí*... coexisten varios tratamientos: hay *tuteo*, como muestra de confianza entre iguales y como tratamiento de superior a inferior; por otra parte, aparece *usted* (evolución de *vuestra merced* aparecida en el siglo XVIII), como tratamiento de respeto de inferior a superior o entre iguales sin confianza. Curiosamente, *usted* sustituye a *tú* para mostrar el paso de la familiaridad o el afecto al enojo (ac. III, esc. 10). *Su merced* es un tratamiento de respeto utilizado cuando se generalizó el de *usted* entre iguales. Se mantendría en España durante el siglo XIX. Es interesante observar, no obstante, cómo en las comedias en verso (*El viejo y la niña*, *El barón*, *La mojigata*) aparece el *voseo* como tratamiento de respeto en lugar de *usted*, mientras se mantiene el *tuteo* como tratamiento de confianza. Sin duda, se nota el peso de la tradición dramática.   [48] Parece ser que es histórica la existencia de un obispo vinculado a la familia de María Ortiz, madre de Paquita Muñoz, en quien se inspiraría tal personaje (Andioc). Tanto el aumentativo como la sonoridad de las palabras esdrújulas y agudas manifiestan cierta ironía.

~~~~~~

(9) Aquí aparece el tema de la educación de los jóvenes y el papel que los padres ocupan en ella. Para doña Irene, que prefiere educar a su hija sin artificios y lejos del mundo, las jóvenes han de ser sobre todo obedientes y proceder con honor dejándose «colocar» con quien sus padres (muchas veces movidos por el interés propio, aunque no lo digan) determinen. Es opinión radicalmente distinta a la de don Diego, que gustaría de oír a Paquita con libertad, y cree (acto II, esc. 5) que los padres no deben entrometerse e imponer su criterio. Doña Irene nos recuerda en esto a la tía Mónica de *El barón* y al don Martín de *La mojigata*.

DON DIEGO

Ya.

DOÑA IRENE

Y murió en el mar el buen religioso, que fue un quebranto[49] para toda la familia... Hoy es, y todavía estamos sintiendo su muerte; particularmente mi primo don Cucufate, [50] regidor [51] perpetuo de Zamora, no puede oír hablar de su Ilustrísima [52] sin deshacerse en lágrimas.

DOÑA FRANCISCA

Válgate Dios, qué moscas tan...

DOÑA IRENE

Pues murió en olor de santidad.

DON DIEGO

Eso bueno es.

DOÑA IRENE

Sí señor; pero como la familia ha venido tan a menos... ¿Qué quiere usted? Donde no hay facultades... [53] Bien que por lo que puede tronar, [54] ya se le está escribiendo la vida; y ¿quién sabe que el día de mañana no se imprima, con el favor de Dios?

---

[49] *quebranto*: gran pérdida.   [50] *don Cucufate*: vuelve el autor a provocar el humor con el uso de nombres exóticos, en este caso, además, ayudado por el simbolismo fónico de la sílaba *cu* repetida y por la palabra misma; *cucufato* significa en América «santurrón».   [51] *regidor*: gobernador.   [52] *su Ilustrísima*: tratamiento de respeto al que tenían derecho personas como los obispos. [53] *facultades*: bienes económicos. Según Andioc, muestra la ironía de Moratín al denunciar prudentemente el aspecto financiero de las canonizaciones. [54] *tronar*: suceder.

DON DIEGO

Sí, pues ya se ve. Todo se imprime. [55]

DOÑA IRENE

Lo cierto es que el autor, que es sobrino de mi hermano político el canónigo de Castrojeriz, no la deja de la mano; y a la hora de esta lleva ya escritos nueve tomos en folio, que comprenden los nueve años primeros de la vida del santo obispo.

DON DIEGO

¿Conque para cada año un tomo?

DOÑA IRENE

Sí, señor; ese plan se ha propuesto.

DON DIEGO

¿Y de qué edad murió el venerable?

DOÑA IRENE

De ochenta y dos años, tres meses y catorce días.

DOÑA FRANCISCA

¿Me voy, mamá?

DOÑA IRENE

Anda, vete. ¡Válgate Dios, qué prisa tienes!

DOÑA FRANCISCA

¿Quiere usted *(Se levanta, y después de hacer una graciosa cortesía a don Diego, da un beso a doña Irene, y se va al cuarto de*

---

[55] Alusión irónica a la excesiva proliferación de publicaciones, algunas de tan escaso valor como la que es objeto de la conversación.

esta) que le haga una cortesía a la francesa,[56] señor don Diego?

DON DIEGO

Sí, hija mía. A ver.

DOÑA FRANCISCA

Mire usted, así.

DON DIEGO

¡Graciosa niña! ¡Viva la Paquita, viva!

DOÑA FRANCISCA

Para usted una cortesía, y para mi mamá un beso.

ESCENA IV

DOÑA IRENE, DON DIEGO

DOÑA IRENE

Es muy gitana[57] y muy mona,[58] mucho.

DON DIEGO

Tiene un donaire[59] natural que arrebata.

---

[56] *cortesía a la francesa*: la educación ilustrada fijaba su modelo en el país vecino, del cual se intentaba imitar no solo el lenguaje, sino también los modos y maneras. La cortesía a la francesa es un saludo ya anticuado a principios del siglo XIX, que caracteriza la educación recibida por Paquita. [57] *gitana*: cariñosa. [58] *mona*: palabra clave del campo semántico amoroso del siglo XVIII. Sufre un cambio semántico y pasa de designar al animal a significar «linda, bonita». [59] *donaire*: gracia.

DOÑA IRENE

¿Qué quiere usted? Criada sin artificio ni embelecos [60] de mundo, contenta de verse otra vez al lado de su madre, y mucho más de considerar tan inmediata su colocación, [61] no es maravilla que cuanto hace y dice sea una gracia, y *máxime* a los ojos de usted, que tanto se ha empeñado en favorecerla.

DON DIEGO

Quisiera solo que se explicase libremente acerca de nuestra proyectada unión, y...

DOÑA IRENE

Oiría usted lo mismo que le he dicho ya.

DON DIEGO

Sí, no lo dudo; pero el saber que la merezco alguna inclinación, oyéndoselo decir con aquella boquilla tan graciosa que tiene, sería para mí una satisfacción imponderable.

DOÑA IRENE

No tenga usted sobre ese particular la más leve desconfianza; pero hágase usted cargo de que a una niña no le es lícito decir con ingenuidad lo que siente. Mal parecería, señor don Diego, que una doncella de vergüenza [62] y criada como Dios manda, se atreviese a decirle a un hombre: yo le quiero a usted.

DON DIEGO

Bien; si fuese un hombre a quien hallara por casualidad en la calle y le espetara [63] ese favor de buenas a primeras,

---

[60] *embelecos*: engaños.   [61] *colocación*: boda.   [62] *de vergüenza*: que estima su propia honra.   [63] *espetara*: dijera por sorpresa.

cierto que la doncella haría muy mal; pero a un hombre con quien ha de casarse dentro de pocos días, ya pudiera decirle alguna cosa que... Además, que hay ciertos modos de explicarse...

DOÑA IRENE

Conmigo usa de más franqueza. A cada instante hablamos de usted, y en todo manifiesta el particular cariño que a usted le tiene... ¡Con qué juicio hablaba ayer noche, después que usted se fue a recoger![64] No sé lo que hubiera dado porque hubiese podido oírla.

DON DIEGO

¿Y qué? ¿Hablaba de mí?

DOÑA IRENE

Y qué bien piensa acerca de lo preferible que es para una criatura de sus años un marido de cierta edad, experimentado, maduro y de conducta...

DON DIEGO

¡Calle! ¿Eso decía?

DOÑA IRENE

No; esto se lo decía yo, y me escuchaba con una atención como si fuera una mujer de cuarenta años, lo mismo... ¡Buenas cosas la dije! Y ella, que tiene mucha penetración,[65] aunque me esté mal el decirlo... ¿Pues no da lástima, señor, el ver cómo se hacen los matrimonios hoy en el día? Casan a una muchacha de quince años con un arrapiezo[66] de

---

[64] *recoger*: retirar a su habitación.   [65] *penetración*: capacidad para entender perfectamente las cosas.   [66] *arrapiezo*: despectivamente, «muchacho inexperto».

dieciocho, a una de diecisiete con otro de veintidós: ella niña, sin juicio ni experiencia, y él niño también, sin asomo de cordura ni conocimiento de lo que es mundo. Pues, señor (que es lo que yo digo), ¿quién ha de gobernar la casa? ¿Quién ha de mandar a los criados? ¿Quién ha de enseñar y corregir a los hijos? Porque sucede también que estos atolondrados de chicos suelen plagarse de criaturas en un instante, que da compasión.

DON DIEGO

Cierto que es un dolor el ver rodeados de hijos a muchos que carecen del talento, de la experiencia y de la virtud que son necesarias para dirigir su educación.

DOÑA IRENE

Lo que sé decirle a usted es que aún no había cumplido los diecinueve cuando me casé de primeras nupcias con mi difunto don Epifanio, [67] que esté en el cielo. Y era un hombre que, mejorando lo presente, no es posible hallarle de más respeto, más caballeroso... Y al mismo tiempo más divertido y decidor. [68] Pues, para servir a usted, ya tenía los cincuenta y seis, muy largos de talle, [69] cuando se casó conmigo.

DON DIEGO

Buena edad... No era un niño; pero...

---

[67] *don Epifanio*: San Epifanio fue un obispo famoso por su dureza e intransigencia, entre otras cosas.   [68] *decidor*: parlanchín y gracioso a la vez.   [69] *muy largos de talle*: nuevamente aparecen rasgos del discurso coloquial en boca de doña Irene; *para servir a usted* es fórmula de cortesía que se utiliza cuando se ofrece o presenta una persona a otra; por su parte, *muy largos de talle*, aplicada a años, quiere decir que sobrepasan la cifra expresada.

DOÑA IRENE

Pues a eso voy... Ni a mí podía convenirme en aquel entonces un boquirrubio [70] con los cascos a la jineta... [71] No señor... Y no es decir tampoco que estuviese achacoso ni quebrantado de salud, nada de eso. Sanito estaba, gracias a Dios, como una manzana; ni en su vida conoció otro mal, sino una especie de alferecía [72] que le amagaba de cuando en cuando. Pero luego que nos casamos, dio en darle tan a menudo y tan de recio, que a los siete meses me hallé viuda y encinta de una criatura que nació después, y al cabo y al fin se me murió de alfombrilla. [73]

DON DIEGO

¡Oiga!... Mire usted si dejó sucesión el bueno de don Epifanio.

DOÑA IRENE

Sí señor; ¿pues por qué no?

DON DIEGO

Lo digo porque luego saltan con... [74] Bien que si uno hubiera de hacer caso... ¿Y fue niño, o niña?

DOÑA IRENE

Un niño muy hermoso. Como una plata [75] era el angelito.

DON DIEGO

Cierto que es consuelo tener, así, una criatura y...

---

[70] *boquirrubio*: mozalbete presumido. [71] *con los cascos a la jineta*: de poca prudencia y reflexión. [72] *alferecía*: enfermedad que se caracteriza por convulsiones y pérdida del conocimiento. [73] *alfombrilla*: enfermedad infecciosa parecida a la rubeola. [74] *saltan con*: murmuran. [75] *como una plata*: limpio y hermoso.

DOÑA IRENE

¡Ay, señor! Dan malos ratos, pero ¿qué importa? Es mucho gusto, mucho.

DON DIEGO

Yo lo creo.

DOÑA IRENE

Sí señor.

DON DIEGO

Ya se ve que será una delicia y...

DOÑA IRENE

¿Pues no ha de ser?

DON DIEGO

...un embeleso el verlos juguetear y reír, y acariciarlos, y merecer sus fiestecillas [76] inocentes.

DOÑA IRENE

¡Hijos de mi vida! Veintidós he tenido en los tres matrimonios que llevo hasta ahora, [77] de los cuales solo esta niña me ha venido a quedar; pero le aseguro a usted que... [10]

---

[76] *fiestecillas*: diversiones. Otra particularidad fácilmente observable en este diálogo es el empleo frecuente de diminutivos; *delicadita, sanito, angelito...* Se trata de otra característica del lenguaje coloquial, que con su uso resalta afectivamente las palabras. [77] *hasta ahora*: es decir, que puede casar otra vez. Moratín exagera las condiciones familiares de doña Irene, si bien en la época eran frecuentes las familias numerosas (Andioc).

(10) Esta escena 4 le sirve al autor para captar magistralmente el carácter de doña Irene, y así, provocar un contraste acusado con

ESCENA V

SIMÓN, DOÑA IRENE, DON DIEGO

SIMÓN

(Sale por la puerta del foro.)
Señor, el mayoral está esperando. [11]

DON DIEGO

Dile que voy allá... ¡Ah! Tráeme primero el sombrero y el bastón, que quisiera dar una vuelta por el campo. *(Entra Simón al cuarto de don Diego, saca un sombrero y un bastón, se los da a su amo, y al fin de la escena se va con él por la puerta del foro.)* Conque, supongo que mañana tempranito saldremos.

---

el de don Diego. Doña Irene es el único personaje ridículo de la obra, el único sobre cuyos vicios y errores se intenta prevenir al público. Corresponde al tipo de madre de férrea voluntad que impone su propio interés y sacrifica a su hija; además tiene pruritos nobiliarios, como demuestra cuando habla de esos parientes de nombres exóticos que alcanzaron cargos importantes. Todo en ella es exagerado y grotesco, hasta sus tres matrimonios «hasta ahora» o sus veintidós hijos de los que solo vive Paquita. Es curioso observar que la historia de doña Irene fue la misma que la de su hija, pues la casaron muy joven con alguien de la edad de don Diego. Moratín intenta, pues, sugerir una estructura que se repite.

(11) Un procedimiento habitual que utiliza Moratín para el cambio de escenas es el de la entrada de un personaje distinto. Así ocurre en este caso con Simón, que interrumpe el parlamento de doña Irene con algo inesperado y ajeno a lo que ella dice, aunque no nuevo, pues ya se había hablado del mayoral al final de la escena 1. Se trata de un recurso que favorece la verosimilitud de la obra y va creando ese «ritmo teatral perfecto» del que habla Ruiz Ramón.

DOÑA IRENE

No hay dificultad. A la hora que a usted le parezca.

DON DIEGO

A eso de las seis. ¿Eh?

DOÑA IRENE

Muy bien.

DON DIEGO

El sol nos da de espaldas... Le diré que venga una media hora antes.

DOÑA IRENE

Sí, que hay mil chismes que acomodar.

ESCENA VI

DOÑA IRENE, RITA

DOÑA IRENE

¡Válgame Dios! Ahora que me acuerdo... ¡Rita!... Me le habrán dejado morir. ¡Rita!

RITA

Señora. *(Saca debajo del brazo almohadas y sábanas.)*

DOÑA IRENE

¿Qué has hecho del tordo? ¿Le diste de comer?

RITA

Sí, señora. Más ha comido que un avestruz. Ahí le puse en la ventana del pasillo.

DOÑA IRENE

¿Hiciste las camas?

RITA

La de usted ya está. Voy a hacer esotras[78] antes que anochezca, porque si no, como no hay más alumbrado que el del candil y no tiene garabato,[79] me veo perdida.

DOÑA IRENE

Y aquella chica, ¿qué hace?

RITA

Está desmenuzando un bizcocho para dar de cenar a don Periquito.[80]

DOÑA IRENE

¡Qué pereza tengo de escribir! *(Se levanta y se entra en su cuarto.)* Pero es preciso, que estará con mucho cuidado la pobre Circuncisión.

RITA

¡Qué chapucerías! No ha dos horas, como quien dice, que salimos de allá, y ya empiezan a ir y venir correos. ¡Qué poco me gustan a mí las mujeres gazmoñas[81] y zalameras![82] *(Éntrase en el cuarto de doña Francisca.)*

---

[78] *esotras*: esas otras. [79] *garabato*: gancho para colgar o agarrar el candil. [80] *don Periquito*: es el nombre del tordo, pájaro al que antes aludía doña Irene. Obsérvese que *periquito* es el nombre de otra ave que se domestica fácilmente y que, como el tordo, puede llegar a imitar la voz humana. En la época era costumbre que las mujeres ociosas se divirtieran con este tipo de animales de compañía. [81] *gazmoñas*: que fingen virtudes. [82] *zalameras*: empalagosas.

ESCENA VII

CALAMOCHA

(Sale por la puerta del foro con unas maletas, botas y látigos. Lo deja todo sobre la mesa y se sienta.)

¿Conque ha de ser el número tres? Vaya en gracia... Ya, ya conozco el tal número tres. Colección de bichos más abundante no la tiene el Gabinete de Historia Natural...[83] Miedo me da de entrar... ¡Ay!, ¡ay!... ¡Y qué agujetas! Estas sí que son agujetas... Paciencia, pobre Calamocha; paciencia... Y gracias a que los caballitos dijeron: no podemos más; que si no, por esta vez no veía yo el número tres, ni las plagas de Faraón[84] que tiene dentro... En fin, como los animales amanezcan vivos, no será poco... Reventados están... *(Canta Rita desde adentro. Calamocha se levanta desperezándose.)* ¡Oiga!... ¿Seguidillitas?... Y no canta mal... Vaya, aventura tenemos... ¡Ay, qué desvencijado[85] estoy![12]

[83] *Gabinete de Historia Natural*: el actual Museo del Prado, que construyó Juan de Villanueva en el reinado de Carlos III como museo y Academia de Ciencias Naturales. Lo que quiere decir Calamocha es que en el cuarto abundan los insectos, corroborando así lo que antes se constataba a propósito de moscas y mosquitos. [84] *plagas de Faraón*: continuando la exageración, alude a las plagas que Dios mandó sobre Egipto, dos de las cuales fueron de moscas y mosquitos. [85] *desvencijado*: cansado.

(12) Obsérvese que este es el primer monólogo de la obra. Con Calamocha han aparecido ya todos los criados de la obra. Nótese su distinta función en ella: Simón, criado de edad (como Muñoz en *El viejo y la niña*), es «hombre de bien», su sentido común le permite aconsejar prudentemente a su amo; Rita, por el contrario, es muchacha que sirve más como amiga o cómplice a doña Francisca y que se permite burlarse de doña Irene a sus espaldas. Tiene su

ESCENA VIII

RITA, CALAMOCHA

RITA

Mejor es cerrar, no sea que nos alivien de ropa,[86] y...
(Forcejeando para echar la llave.) Pues cierto que está bien
acondicionada[87] la llave.

CALAMOCHA

¿Gusta usted de que eche una mano, mi vida?

RITA

Gracias, mi alma.

CALAMOCHA

¡Calle!... ¡Rita!

RITA

¡Calamocha!

---

[86] *alivien de ropa*: roben.   [87] *acondicionada*: en condiciones adecuadas. Nótese
la ironía.

correspondencia masculina en Calamocha, el cual es «hombre de
travesura», algo apicarado, que ayuda a su amo a conseguir lo que
se propone. De los criados (además de doña Irene) depende la
comicidad de la obra, pero en especial de Calamocha, cuya
disposición al galanteo y cuyas gracias en general —que Moratín
procura que no caigan en lo chocarrero— evidencian su estrecha
relación con el *gracioso* de la comedia barroca.

CALAMOCHA

¿Qué hallazgo es este?

RITA

¿Y tu amo?

CALAMOCHA

Los dos acabamos de llegar.

RITA

¿De veras?

CALAMOCHA

No, que es chanza. Apenas recibió la carta de doña Paquita, yo no sé adónde fue, ni con quién habló, ni cómo lo dispuso; solo sé decirte que aquella tarde salimos de Zaragoza. Hemos venido como dos centellas por ese camino. Llegamos esta mañana a Guadalajara, y a las primeras diligencias [88] nos hallamos con que los pájaros volaron ya. A caballo otra vez, y vuelta a correr y a sudar y a dar chasquidos... En suma, molidos los rocines, y nosotros a medio moler, hemos parado aquí con ánimo de salir mañana... Mi teniente [89] se ha ido al Colegio Mayor [90] a ver a un amigo, mientras se dispone algo que cenar... Esta es la historia. [(13)]

---

[88] *diligencias*: averiguaciones. La palabra se toma del argot judicial. [89] *teniente*: porque don Carlos tiene efectivamente ese grado. [90] *Colegio Mayor*: residencia de estudiantes universitarios. Se refiere al de San Ildefonso, en Alcalá (Montero Padilla).

(13) Repárese en la importancia del factor casualidad; por casualidad están en la posada Rita y doña Francisca (que va a visitar a una tía), por casualidad llegan Calamocha y don Carlos,

RITA

¿Conque le tenemos aquí?

CALAMOCHA

Y enamorado más que nunca, celoso, amenazando vidas... Aventurado a quitar el hipo [91] a cuantos le disputen la posesión de su Currita idolatrada.

RITA

¿Qué dices?

CALAMOCHA

Ni más ni menos.

RITA

¡Qué gusto que das!... Ahora sí se conoce que la tiene amor.

CALAMOCHA

¿Amor?... ¡Friolera!... [92] El moro Gazul [93] fue para con él un pelele, Medoro [94] un zascandil [95] y Gaiferos [96] un chiquillo de la doctrina. [97]

---

[91] *quitar el hipo*: asustar.   [92] *¡Friolera!*: Casi nada.   [93] *Gazul*: personaje enamorado del romancero morisco.   [94] *Medoro*: personaje del *Orlando furioso* (1516-1532) del italiano Ariosto. Medoro se acaba casando con Angélica después de combatir por ella.   [95] *zascandil*: nombre despreciable.   [96] *Gaiferos*: otro personaje enamorado del romancero, en este caso del ciclo carolingio. Gaiferos rescata a su esposa Melisenda, cautiva de Almanzor. [97] *chiquillo de la doctrina*: niño en edad escolar. Se llama *niño de doctrina* o

que vienen de Guadalajara. Es casual también que el rival de don Diego sea precisamente su sobrino e, igualmente, que más adelante encuentre el viejo la carta que desencadenará el fin de la obra. La casualidad es un recurso necesario para conseguir la unidad de lugar, pero no se puede negar que ese encuentro fortuito de todos los personajes en la posada sea algo forzado.

RITA

¡Ay!, ¡cuando la señorita lo sepa!

CALAMOCHA

Pero acabemos. ¿Cómo te hallo aquí? ¿Con quién estás? ¿Cuándo llegaste? Que...

RITA

Yo te lo diré. La madre de doña Paquita dio en escribir cartas y más cartas, diciendo que tenía concertado su casamiento en Madrid con un caballero rico, honrado, bien quisto, [98] en suma, cabal y perfecto, que no había más que apetecer. Acosada la señorita con tales propuestas, y angustiada incesantemente con los sermones de aquella bendita monja, se vio en la necesidad de responder que estaba pronta a todo lo que la mandasen... Pero no te puedo ponderar cuánto lloró la pobrecita, qué afligida estuvo. Ni quería comer, ni podía dormir... Y al mismo tiempo era preciso disimular, para que su tía no sospechara la verdad del caso. Ello es que cuando, pasado el primer susto, hubo lugar de discurrir escapatorias y arbitrios, [99] no hallamos otro que el de avisar a tu amo, esperando que si era su cariño tan verdadero y de buena ley como nos había ponderado, no consentiría que su pobre Paquita pasara a manos de un desconocido, y se perdiesen para siempre tantas caricias, tantas lágrimas y tantos suspiros estrellados en las tapias del corral. A pocos días de haberle escrito, cata [100] el coche de colleras [101] y el mayoral Gasparet [102] con

***

doctrino al huérfano que se cría y educa en un colegio hasta que tiene edad de aprender un oficio. [98] *bien quisto*: querido, estimado. Era expresión anticuada ya en el siglo XVIII. [99] *arbitrios*: medios para conseguir lo que se proponían. [100] *cata*: expresión coloquial que indica la sorpresa del que habla. [101] *coche de colleras*: cierto tipo de carruaje tirado por mulas. [102] *Gasparet*: diminutivo catalán de Gaspar. En la época muchos catalanes trabajaban en el transporte de viajeros o mercancías (Andioc).

sus medias azules, y la madre y el novio que vienen por ella; recogimos a toda prisa nuestros meriñaques, [103] se atan los cofres, nos despedimos de aquellas buenas mujeres, y en dos latigazos llegamos antes de ayer a Alcalá. La detención ha sido para que la señorita visite a otra tía monja que tiene aquí, tan arrugada y tan sorda como la que dejamos allá. Ya la ha visto, ya la han besado bastante una por una todas las religiosas, y creo que mañana temprano saldremos. Por esta casualidad nos...

CALAMOCHA

Sí. No digas más... Pero... ¿Conque el novio está en la posada?

RITA

Ese es su cuarto *(Señalando el cuarto de don Diego, el de doña Irene y el de doña Francisca)*, este el de la madre y aquel el nuestro.

CALAMOCHA

¿Cómo nuestro? ¿Tuyo y mío?

RITA

No, por cierto. Aquí dormiremos esta noche la señorita y yo; porque ayer, metidas las tres en ese de enfrente, ni cabíamos de pie, ni pudimos dormir un instante, ni respirar siquiera.

CALAMOCHA

Bien. Adiós. *(Recoge los trastos que puso sobre la mesa en ademán de irse.)*

---

[103] *meriñaques*: alhajas de poco valor. Aquí significa «pertenencias», por extensión.

RITA

Y ¿adónde?

CALAMOCHA

Yo me entiendo... Pero el novio ¿trae consigo criados, amigos o deudos [104] que le quiten la primera zambullida [105] que le amenaza?

RITA

Un criado viene con él.

CALAMOCHA

¡Poca cosa!... Mira, dile en caridad que se disponga, porque está de peligro. Adiós.

RITA

¿Y volverás presto?

CALAMOCHA

Se supone. Estas cosas piden diligencia, y aunque apenas puedo moverme, es necesario que mi teniente deje la visita y venga a cuidar de su hacienda, disponer el entierro de ese hombre, y... ¿Conque ese es nuestro cuarto, eh?

RITA

Sí. De la señorita y mío.

CALAMOCHA

¡Bribona!

---

[104] *deudos*: parientes.   [105] *zambullida*: en la esgrima, treta que dirige un golpe al pecho.

RITA

¡Botarate! [106] Adiós.

CALAMOCHA

Adiós, aborrecida. [(14)]
(Éntrase con los trastos en el cuarto de don Carlos.)

ESCENA IX

DOÑA FRANCISCA, RITA

RITA

¡Qué malo es!... Pero... ¡Válgame Dios! ¡Don Félix [107] aquí!... Sí, la quiere, bien se conoce... *(Sale Calamocha del cuarto de don Carlos, y se va por la puerta del foro.)* ¡Oh! por más que digan, los hay muy finos; y entonces, ¿qué ha de hacer una?... Quererlos; no tiene remedio, quererlos... Pero ¿qué dirá la señorita cuando le vea, que está ciega por él? ¡Pobrecita! ¿Pues no sería una lástima que...? Ella es.

(Sale doña Francisca.)

---

[106] *¡Botarate!*: ¡Hombre de poco juicio!   [107] *Don Félix*: es el nombre supuesto de don Carlos ante doña Francisca.

(14) Obsérvese la rapidez del diálogo, su vivacidad, su gracia, las réplicas chispeantes, la ironía, las comparaciones, las metáforas populares y exageraciones, esa pícara confusión con el «nuestro» y los graciosos insultos. Todo ello es una muestra perfecta del registro popular del lenguaje que tan bien conoce Moratín. El papel de Rita y Calamocha en esta escena es importante, pues se empiezan a unir ya los dos hilos de la trama. La narración que cada uno de los dos hace sirve para aclarar detalles básicos de la obra.

DOÑA FRANCISCA

¡Ay, Rita!

RITA

¿Qué es eso? ¿Ha llorado usted?

DOÑA FRANCISCA

¿Pues no he de llorar? Si vieras mi madre... Empeñada está en que he de querer mucho a ese hombre... Si ella supiera lo que sabes tú, no me mandaría cosas imposibles... Y que es tan bueno, y que es rico, y que me irá tan bien con él... Se ha enfadado tanto, y me ha llamado picarona, inobediente... ¡Pobre de mí! Porque no miento ni sé fingir, por eso me llaman picarona.

RITA

Señorita, por Dios, no se aflija usted.

DOÑA FRANCISCA

Ya, como tú no lo has oído... Y dice que don Diego se queja de que yo no le digo nada... Harto[108] le digo, y bien he procurado hasta ahora mostrarme contenta delante de él, que no lo estoy por cierto, y reírme y hablar niñerías... Y todo por dar gusto a mi madre, que si no... Pero bien sabe la Virgen que no me sale del corazón.

(Se va oscureciendo lentamente el teatro.)

RITA

Vaya, vamos, que no hay motivos todavía para tanta angustia... ¿Quién sabe?... ¿No se acuerda usted ya de aquel día de asueto[109] que tuvimos el año pasado en la casa de campo del intendente?[110]

---

[108] *Harto*: demasiado.   [109] *asueto*: vacación.   [110] *intendente*: jefe de la administración militar.

DOÑA FRANCISCA

¡Ay! ¿Cómo puedo olvidarlo?... Pero ¿qué me vas a contar?

RITA

Quiero decir que aquel caballero que vimos allí con aquella cruz verde, [111] tan galán, tan fino...

DOÑA FRANCISCA

¡Qué rodeos!... Don Félix. ¿Y qué?

RITA

Que nos fue acompañando hasta la ciudad...

DOÑA FRANCISCA

Y bien... Y luego volvió, y le vi, por mi desgracia, muchas veces... mal aconsejada de ti.

RITA

¿Por qué, señora?... ¿A quién dimos escándalo? Hasta ahora nadie lo ha sospechado en el convento. Él no entró jamás por las puertas, y cuando de noche hablaba con usted, mediaba entre los dos una distancia tan grande, que usted la maldijo no pocas veces... Pero esto no es del caso. Lo que voy a decir es que un amante como aquel no es posible que se olvide tan presto de su querida Paquita... Mire usted que todo cuanto hemos leído a hurtadillas en las novelas [15] no equivale a lo que hemos visto en él... ¿Se

---

[111] *cruz verde*: distintivo de la Orden de Alcántara. Esta orden, militar y religiosa a la vez, nació en el siglo XII y fue acrecentando su poder hasta que los Reyes Católicos la convirtieron en una simple institución honorífica. Véase la nota 21.

(15) La novela decae en nuestro país en el siglo XVIII, ya que no

acuerda usted de aquellas tres palmadas que se oían entre once y doce de la noche, de aquella sonora [112] punteada con tanta delicadeza y expresión?

DOÑA FRANCISCA

¡Ay, Rita! Sí, de todo me acuerdo, y mientras viva conservaré la memoria... Pero está ausente... y entretenido acaso con nuevos amores.

RITA

Eso no lo puedo yo creer.

DOÑA FRANCISCA

Es hombre, al fin, y todos ellos...

RITA

¡Qué bobería! Desengáñese usted, señorita. Con los hombres y las mujeres sucede lo mismo que con los melones de Añover. Hay de todo; la dificultad está en saber escoger-

---

[112] *sonora*: bandurria, instrumento musical de cuerda.

es un género avalado por la tradición clásica. Los ejemplos de la época (Torres, Isla, Montengón) tienen poco de novelesco. Los ilustrados desprecian el género, además, por lo inútil que es en la educación de los jóvenes, por su falta de didactismo y enseñanza moral. Recuérdese que la hipócrita Clara de *La mojigata* se entretiene en leer, cuando nadie la ve —al igual que doña Francisca—, «novelas entretenidas,/filosóficas, amenas,/donde predicando siempre/virtud, corrupción se enseña» (acto I, esc. 1). No se debe olvidar, sin embargo, que el público lector se incrementó en el siglo XVIII con la incorporación de la mujer, especialmente como receptora de novelas. Tanto es así que se imprimieron diversas colecciones dirigidas a ella.

los. [113] El que se lleve chasco en la elección, quéjese de su mala suerte, pero no desacredite la mercancía... Hay hombres muy embusteros, muy picarones; pero no es creíble que lo sea el que ha dado pruebas tan repetidas de perseverancia y amor. Tres meses duró el terrero [114] y la conversación a oscuras, y en todo aquel tiempo, bien sabe usted que no vimos en él una acción descompuesta, ni oímos de su boca una palabra indecente ni atrevida.

DOÑA FRANCISCA

Es verdad. Por eso le quise tanto, por eso le tengo tan fijo aquí..., aquí... *(Señalando el pecho.)* ¿Qué habrá dicho al ver la carta?... ¡Oh! Yo bien sé lo que habrá dicho...: ¡Válgate Dios! ¡Es lástima! Cierto. ¡Pobre Paquita!... Y se acabó... No habrá dicho más... Nada más.

RITA

No, señora; no ha dicho eso.

DOÑA FRANCISCA

¿Qué sabes tú?

RITA

Bien lo sé. Apenas haya leído la carta se habrá puesto en camino, y vendrá volando a consolar a su amiga... Pero... *(Acercándose a la puerta del cuarto de doña Irene.)*

---

[113] Se trata de una adaptación del refrán que dice: *Los hombres y las mujeres son como los melones de Añover: hay de todo; lo difícil es saberlos escoger.* Es uno de los muchos que en nuestro refranero señalan la dificultad de seleccionar bien la pareja. Añover es un pueblo toledano y su nombre se presta a varios recursos interpretativos, como el calambur *Añover: año ver.*   [114] *terrero:* galanteo desde la calle.

DOÑA FRANCISCA

¿Adónde vas?

RITA

Quiero ver si...

DOÑA FRANCISCA

Está escribiendo.

RITA

Pues ya presto habrá de dejarlo, que empieza a anochecer... Señorita, lo que la he dicho a usted es la verdad pura. Don Félix está ya en Alcalá.

DOÑA FRANCISCA

¿Qué dices? No me engañes.

RITA

Aquel es su cuarto... Calamocha acaba de hablar conmigo.

DOÑA FRANCISCA

¿De veras?

RITA

Sí, señora... Y le ha ido a buscar para...

DOÑA FRANCISCA

¿Conque me quiere?... ¡Ay, Rita! Mira tú si hicimos bien de avisarle... Pero ¿ves qué fineza?...[115] ¿Si vendrá bueno?

---

[115] *fineza*: muestra de cariño.

¡Correr tantas leguas sólo por verme..., porque yo se lo mando!... ¡Qué agradecida le debo estar!... ¡Oh!, yo le prometo que no se quejará de mí. Para siempre agradecimiento y amor.

RITA

Voy a traer luces. Procuraré detenerme por allá abajo hasta que vuelvan... Veré lo que dice y qué piensa hacer, porque hallándonos todos aquí, pudiera haber una de Satanás entre la madre, la hija, el novio y el amante; y si no ensayamos bien esta contradanza, [116] nos hemos de perder en ella.

DOÑA FRANCISCA

Dices bien... Pero no; él tiene resolución y talento, y sabrá determinar lo más conveniente... Y ¿cómo has de avisarme?... Mira que así que llegue le quiero ver.

RITA

No hay que dar cuidado. Yo le traeré por acá, y en dándome aquella tosecilla seca... ¿Me entiende usted?

DOÑA FRANCISCA

Sí, bien.

RITA

Pues entonces no hay más que salir con cualquiera excusa. Yo me quedaré con la señora mayor; la hablaré de

---

[116] *contradanza*: baile de origen francés que se ejecuta entre varias parejas, las cuales forman diversas figuras. La contradanza ofrecía ocasiones picantes que facilitaban el cortejo. Lo que pretende decir Rita, figuradamente, es que si no se armonizan los movimientos de los diferentes personajes, se puede formar un embrollo.

todos sus maridos y de sus concuñados, [117] y del obispo que murió en el mar... Además, que si está allí don Diego...

DOÑA FRANCISCA

Bien, anda; y así que llegue...

RITA

Al instante.

DOÑA FRANCISCA

Que no se te olvide toser.

RITA

No haya miedo.

DOÑA FRANCISCA

¡Si vieras qué consolada estoy!

RITA

Sin que usted lo jure lo creo.

DOÑA FRANCISCA

¿Te acuerdas, cuando me decía que era imposible apartarme de su memoria, que no habría peligros que le detuvieran, ni dificultades que no atropellara por mí?

RITA

Sí, bien me acuerdo.

---

[117] *concuñados*: respecto de una persona, cónyuges y hermanos de sus cuñados.

DOÑA FRANCISCA

¡Ah!... Pues mira cómo me dijo la verdad. *(Doña Francisca se va al cuarto de doña Irene; Rita, por la puerta del foro.)* [16]

---

(16) Doña Francisca, a través de la autodefinición, se perfila como mujer muy distinta a la ingenua niña que se había presentado antes. Su personalidad evoluciona rompiendo la caracterización esquemática anterior; ahora la ve el espectador como una joven ilusionada y amante, honrada, sincera y, sobre todo, buena, incapaz de disgustar a nadie, aunque, como joven que es, también lee novelas. Indudablemente gana en complejidad psicológica y en humanidad. Esta larga escena está hábilmente llevada por Rita para provocar mayor sorpresa y alegría en su ama; el ritmo se va acelerando hasta llegar a un final esperanzador para doña Paquita, que coincide con el final del acto. Obsérvese que, en conjunto, este acto I ha servido al autor para plantear el enredo: doña Paquita ama a otro hombre, un tal don Félix, que la va a salvar del matrimonio con don Diego; este, por su parte, tiene un sobrino llamado don Carlos. Con todo ello Moratín consigue acrecentar la intriga, sobre todo porque el espectador relacionaría inevitablemente a don Félix con don Carlos (ambos son militares arrojados, con destino en Zaragoza...).

ACTO II

ESCENA PRIMERA

DOÑA FRANCISCA

Nadie parece [1] aún... (*Teatro oscuro. Doña Francisca se acerca a la puerta del foro y vuelve.*) ¡Qué impaciencia tengo!... Y dice mi madre que soy una simple, que solo pienso en jugar y reír, y que no sé lo que es amor... Sí, diecisiete años y no cumplidos; pero ya sé lo que es querer bien, y la inquietud y las lágrimas que cuesta. [17]

---

[1] *parece*: aparece.

(17) Se ha producido un pequeño salto temporal. Obsérvese cómo a través de las acotaciones explícitas o implícitas («¿qué hace que no trae una luz?») se quiere transmitir la sensación de oscuridad, presagio de confusión, enredo y actuación irracional que, por otra parte, se acrecienta con el monólogo atormentado de Paquita. Tensión, pues, que contrasta con ese final esperanzado y alegre del acto anterior.

ESCENA II

DOÑA IRENE, DOÑA FRANCISCA

DOÑA IRENE

Sola y a oscuras me habéis dejado allí.

DOÑA FRANCISCA

Como estaba usted acabando su carta, mamá, por no estorbarla me he venido aquí, que está mucho más fresco.

DOÑA IRENE

Pero aquella muchacha, ¿qué hace que no trae una luz? Para cualquiera cosa se está un año... Y yo que tengo un genio como una pólvora.[2] *(Siéntase.)* Sea todo por Dios... ¿Y don Diego? ¿No ha venido?

DOÑA FRANCISCA

Me parece que no.

DOÑA IRENE

Pues cuenta,[3] niña, con lo que te he dicho ya. Y mira que no gusto de repetir una cosa dos veces. Este caballero está sentido, y con muchísima razón.

DOÑA FRANCISCA

Bien; sí, señora; ya lo sé. No me riña usted más.

---

[2] *como una pólvora*: muy vivo y fácilmente irritable.   [3] *cuenta*: cuidado, atención.

DOÑA IRENE

No es esto reñirte, hija mía; esto es aconsejarte. Porque como tú no tienes conocimiento para considerar el bien que se nos ha entrado por las puertas...Y lo atrasada ⁴ que me coge, que yo no sé lo que hubiera sido de tu pobre madre... Siempre cayendo y levantando... Médicos, botica... Que se dejaba pedir aquel caribe ⁵ de don Bruno (Dios le haya coronado de gloria) los veinte y los treinta reales ⁶ por cada papelillo de píldoras de coloquíntida y asafétida... ⁷ Mira que un casamiento como el que vas a hacer, muy pocas le consiguen. Bien que a las oraciones de tus tías, que son unas bienaventuradas, debemos agradecer esta fortuna, y no a tus méritos ni a mi diligencia... ¿Qué dices? (18)

DOÑA FRANCISCA

Yo, nada, mamá.

---

⁴ *atrasada*: endeudada.   ⁵ *caribe*: hombre cruel.   ⁶ *reales*: moneda de plata que equivalía a veinticinco céntimos de peseta.   ⁷ *coloquíntida y asafétida*: dos medicamentos; el primero se utiliza como purgante; el segundo, para calmar los espasmos o desórdenes nerviosos. Obsérvese cómo estas dos palabras esdrújulas, excesivamente cultas para doña Irene, acentúan las notas ridículas.

(18) Como don Martín en *La mojigata*, tía Mónica en *El barón*, el tutor de Isabel en *El viejo y la niña* e, incluso, el hermano de doña Mariquita en *El café*, también doña Irene desea que el matrimonio de su hija se lleve a cabo por su propio beneficio, en este caso económico. El amor es para ella menos importante. Moratín, que piensa que la comedia debe ridiculizar vicios y errores de la sociedad, muestra verdadera preocupación por este tema y cuando más adelante hablen de su amor don Carlos y Paquita (acto II, esc. 7) se cuidará mucho de dejar claro que este nada tiene que ver con los intereses económicos.

DOÑA IRENE

Pues nunca dices nada. ¡Válgame Dios, señor!... En hablándote [8] de esto no te ocurre nada que decir.

ESCENA III

RITA, DOÑA IRENE, DOÑA FRANCISCA

(Sale Rita por la puerta del foro con luces y las pone sobre la mesa)

DOÑA IRENE

Vaya, mujer, yo pensé que en toda la noche no venías.

RITA

Señora, he tardado porque han tenido que ir a comprar las velas. Como el tufo del velón [9] la hace a usted tanto daño...

DOÑA IRENE

Seguro que me hace muchísimo mal, con esta jaqueca que padezco... Los parches de alcanfor [10] al cabo tuve que quitármelos; si no me sirvieron de nada. Con las obleas [11] me parece que me va mejor... Mira, deja una luz ahí, y llévate la otra a mi cuarto, y corre la cortina, no se me llene todo de mosquitos.

---

[8] *En hablándote*: cuando se te habla. Construcción de *en gerundio*, hoy arcaica.   [9] *velón*: lámpara metálica de aceite.   [10] *parches de alcanfor*: otro remedio contra los males de doña Irene; en este caso se trata de un lienzo que envuelve alcanfor, un producto de olor penetrante que se usa como estimulante cardíaco.   [11] *obleas*: masa delgada que se utiliza para envolver medicamentos y así evitar su mal sabor.

RITA

Muy bien. *(Toma una luz y hace que se va.)*

DOÑA FRANCISCA

(Aparte, a Rita) ¿No ha venido?

RITA

Vendrá.

DOÑA IRENE

Oyes, [12] aquella carta que está sobre la mesa, dásela al mozo de la posada para que la lleve al instante al correo... *(Vase Rita al cuarto de doña Irene.)* Y tú, niña, ¿qué has de cenar? Porque será menester recogernos presto para salir mañana de madrugada.

DOÑA FRANCISCA

Como las monjas me hicieron merendar...

DOÑA IRENE

Con todo eso... Siquiera unas sopas del puchero para el abrigo del estómago... [13] *(Sale Rita con una carta en la mano, y hasta el fin de la escena hace que se va y vuelve, según lo indica el diálogo.)* Mira, has de calentar el caldo que apartamos al medio día, y haznos un par de tazas de sopas, y tráetelas luego que estén.

RITA

¿Y nada más?

---

[12] *Oyes*: forma vulgar del imperativo. [13] *para el abrigo del estómago*: para calentar el estómago.

DOÑA IRENE

No, nada más... ¡Ah!, y házmelas bien caldositas.

RITA

Sí, ya lo sé.

DOÑA IRENE

Rita.

RITA

(Aparte) Otra. ¿Qué manda usted?

DOÑA IRENE

Encarga mucho al mozo que lleve la carta al instante...
Pero no señor; mejor es... No quiero que la lleve él, que son
unos borrachones, que no se les puede... Has de decir a
Simón que digo yo que me haga el gusto de echarla en el
correo. ¿Lo entiendes?

RITA

Sí, señora.

DOÑA IRENE

¡Ah!, mira.

RITA

(Aparte) Otra.

DOÑA IRENE

Bien que ahora no corre prisa... Es menester que luego me
saques de ahí al tordo y colgarle por aquí, de modo que no
se caiga y se me lastime.... *(Vase Rita por la puerta del foro.)*
¡Qué noche tan mala me dio!... ¡Pues no se estuvo el animal

toda la noche de Dios rezando el Gloria Patri y la oración del Santo Sudario!...[14] Ello, por otra parte, edificaba,[15] cierto. Pero cuando se trata de dormir...[(19)]

ESCENA IV

DOÑA IRENE, DOÑA FRANCISCA

DOÑA IRENE

Pues mucho será que don Diego no haya tenido algún encuentro por ahí, y eso le detenga. Cierto que es un señor muy mirado, muy puntual... ¡Tan buen cristiano! ¡Tan atento! ¡Tan bien hablado! ¡Y con qué garbo[16] y generosidad se porta!... Ya se ve, un sujeto de bienes y de posibles...[17] ¡Y qué casa tiene! Como un ascua de oro[18] la tiene... Es mucho aquello. ¡Qué ropa blanca! ¡Qué batería

---

[14] *Gloria Patri y la oración del Santo Sudario*: dos oraciones, la segunda propia de un devocionario, que repite el tordo. [15] *edificaba*: infundía piedad y virtud. [16] *garbo*: desinterés. [17] *posibles*: medios económicos. [18] *Como un ascua de oro*: como algo resplandeciente.

---

(19) Nueva alusión al tordo (la anterior, en el acto I, esc. 6) que no será la última. En un autor tan cuidadoso como es Moratín no puede ser fortuita la aparición de este animal, o de cualquier otro detalle por insignificante que parezca. Repárese en que el tordo está enjaulado y es capaz de repetir extrañas oraciones a fuerza de oírlas mucho, igual que le pasaría a doña Francisca en el convento. Ambos están desasosegados y son muy queridos por doña Irene, de la forma que ella es capaz de experimentar este sentimiento. Téngase en cuenta cuando el animal aparezca por última vez (acto III, esc. 5).

de cocina! ¡Y qué despensa, llena de cuanto Dios crió!...
Pero tú no parece que atiendes a lo que estoy diciendo.

DOÑA FRANCISCA

Sí, señora, bien lo oigo; pero no la quería interrumpir a
usted.

DOÑA IRENE

Allí estarás, hija mía, como el pez en el agua; pajaritas del
aire que apetecieras las tendrías, porque como él te quiere
tanto, y es un caballero tan de bien y tan temeroso de Dios...
Pero mira, Francisquita, que me cansa de veras el que
siempre que te hablo de esto hayas dado en la flor [19] de no
responderme palabra... ¡Pues no es cosa particular, señor!

DOÑA FRANCISCA

Mamá, no se enfade usted.

DOÑA IRENE

No es buen empeño de... ¿Y te parece a ti que no sé yo
muy bien de dónde viene todo eso?... ¿No ves que conozco
las locuras que se te han metido en esa cabeza de chorlito?...
¡Perdóneme Dios!

DOÑA FRANCISCA

Pero... Pues ¿qué sabe usted?

DOÑA IRENE

¿Me quieres engañar a mí, eh? ¡Ay, hija! He vivido
mucho, y tengo yo mucha trastienda [20] y mucha penetración
para que tú me engañes.

---

[19] *hayas dado en la flor*: hayas cogido la manía.   [20] *trastienda*: astucia que le
ha dado la experiencia.

DOÑA FRANCISCA

(Aparte) ¡Perdida soy!

DOÑA IRENE

Sin contar con su madre... Como si tal madre no tuviera... Yo te aseguro que aunque no hubiera sido con esta ocasión, de todos modos era ya necesario sacarte del convento. Aunque hubiera tenido que ir a pie y sola por ese camino, te hubiera sacado de allí... ¡Mire usted qué juicio de niña este! Que porque ha vivido un poco de tiempo entre monjas, ya se la puso en la cabeza el ser ella monja también... Ni qué entiende ella de eso, ni qué... En todos los estados se sirve a Dios, Frasquita; pero el complacer a su madre, asistirla, acompañarla y ser el consuelo de sus trabajos, esa es la primera obligación de una hija obediente... Y sépalo usted, [21] si no lo sabe. [20]

DOÑA FRANCISCA

Es verdad, mamá... Pero yo nunca he pensado abandonarla a usted.

---

[21] *usted*: obsérvese el cambio de tratamiento. Véase la nota 47 del acto I.

---

(20) Otra vez el equívoco, que en este caso sirve para suspender la atención y mantener vivo el interés del espectador, que simpatizaría con la lucha de Paquita. Por un momento parece que doña Irene sabe las intenciones de Paquita, aun a pesar de la escasa capacidad de esta mujer para conocer a su hija. Doña Irene hace suya aquí una opinión frecuente en los personajes razonables de otras obras del autor: la de que en todos los estados se sirve a Dios; ello basta para desaconsejar la elección del claustro a las jóvenes. Hay que notar la diferente extensión de los parlamentos de madre e hija, con lo que se manifiesta la imposición autoritaria de la voluntad de doña Irene.

DOÑA IRENE

Sí, que no sé yo...

DOÑA FRANCISCA

No, señora. Créame usted. La Paquita nunca se apartará de su madre, ni la dará disgustos.

DOÑA IRENE

Mira si es cierto lo que dices.

DOÑA FRANCISCA

Sí, señora; que yo no sé mentir.

DOÑA IRENE

Pues, hija, ya sabes lo que te he dicho. Ya ves lo que pierdes, y la pesadumbre que me darás si no te portas en un todo como corresponde... Cuidado con ello.

DOÑA FRANCISCA

(Aparte) ¡Pobre de mí! [21]

---

(21) Ahora aparece con alguna frecuencia el uso del *aparte*. La utilización de esta convención dramática, que tiene el valor de expresar la verdadera opinión de un personaje y supone un guiño al espectador por cuanto le hace cómplice de sus intenciones, se da por primera vez en este acto, precisamente cuando es mayor la presión de la autoridad «paternal» de doña Irene y don Diego, los cuales no admiten réplicas de los personajes más débiles que ellos.

ESCENA V

DON DIEGO, DOÑA IRENE, DOÑA FRANCISCA

(Sale don Diego por la puerta del foro y deja sobre la mesa sombrero y bastón)

DOÑA IRENE

Pues ¿cómo tan tarde?

DON DIEGO

Apenas salí tropecé con el rector[22] de Málaga[23] y el doctor Padilla, y hasta que me han hartado bien de chocolate[24] y bollos no me han querido soltar... *(Siéntase junto a doña Irene.)* Y a todo esto, ¿cómo va?

DOÑA IRENE

Muy bien.

DON DIEGO

¿Y doña Paquita?

DOÑA IRENE

Doña Paquita siempre acordándose de sus monjas. Ya la digo que es tiempo de mudar de bisiesto,[25] y pensar sólo en dar gusto a su madre y obedecerla.

---

[22] *rector*: persona que rige o gobierna.   [23] *Málaga*: nombre de un colegio de Alcalá.   [24] *chocolate*: una costumbre extendidísima en el siglo XVIII era la de tomar este producto a cualquier hora, pero especialmente en las tertulias. [25] *mudar de bisiesto*: cambiar de conducta.

DON DIEGO

¡Qué diantre![26] ¿Conque tanto se acuerda de...?

DOÑA IRENE

¿Qué se admira usted? Son niñas... No saben lo que quieren, ni lo que aborrecen... En una edad, así, tan...

DON DIEGO

No; poco a poco; eso no. Precisamente en esa edad son las pasiones algo más enérgicas y decisivas que en la nuestra, y por cuanto la razón se halla todavía imperfecta y débil, los ímpetus del corazón son mucho más violentos... *(Asiendo de una mano a doña Francisca, la hace sentar inmediata a él.)* Pero de veras, doña Paquita, ¿se volvería usted al convento de buena gana?... La verdad. [(22)]

DOÑA IRENE

Pero si ella no...

DON DIEGO

Déjela usted, señora; que ella responderá.

---

[26] *¡Qué diantre!*: ¡Qué demonios! El término *diantre* se utilizaba y utiliza como eufemismo para evitar nombrar al diablo.

(22) La razón (imperfecta, pero presente ya en los jóvenes) es la verdadera protagonista de esta obra, que se construye a través del continuo contraste entre el sentimiento y la razón misma. En efecto, don Diego es un hombre razonable, no obstante haberse dejado arrastrar por cierto sentimiento egoísta al pretender comprar la libertad de Paquita; por su parte, don Carlos se ha dejado llevar por la pasión al saber la noticia de la boda, pero se comportará razonablemente cuando se entere de quién es su oponente. En la obra triunfa la razón, la luz, precisamente porque don Diego es capaz de actuar lógicamente y rectificar.

DOÑA FRANCISCA

Bien sabe usted lo que acabo de decirla... No permita Dios que yo la dé que sentir.

DON DIEGO

Pero eso lo dice usted tan afligida y...

DOÑA IRENE

Si es natural, señor. ¿No ve usted que...?

DON DIEGO

Calle usted, por Dios, doña Irene, y no me diga usted a mí lo que es natural. Lo que es natural es que la chica esté llena de miedo, y no se atreva a decir una palabra que se oponga a lo que su madre quiere que diga... Pero si esto hubiese, por vida mía que estábamos lucidos.

DOÑA FRANCISCA

No, señor; lo que dice su merced, eso digo yo; lo mismo. Porque en todo lo que me mande la obedeceré.

DON DIEGO

¡Mandar, hija mía!... En estas materias tan delicadas los padres que tienen juicio no mandan. Insinúan, proponen, aconsejan; eso sí, todo eso sí; ¡pero mandar!... ¿Y quién ha de evitar después las resultas funestas [27] de lo que mandaron?... Pues ¿cuántas veces vemos matrimonios infelices, uniones monstruosas, verificadas solamente porque un padre tonto se metió a mandar lo que no debiera?... ¡Eh! No, señor; eso no va bien... Mire usted, doña Paquita, yo no soy de aquellos hombres que se disimulan los defectos. Yo sé que ni mi figura ni mi edad son para enamorar perdidamente a

---

[27] *resultas funestas*: consecuencias desgraciadas.

nadie; pero tampoco he creído imposible que una muchacha de juicio y bien criada llegase a quererme con aquel amor tranquilo y constante que tanto se parece a la amistad, y es el único que puede hacer los matrimonios felices. Para conseguirlo no he ido a buscar ninguna hija de familia de estas que viven en una decente libertad... Decente, que yo no culpo lo que no se opone al ejercicio de la virtud. Pero ¿cuál sería entre todas ellas la que no estuviese ya prevenida en favor de otro amante más apetecible que yo? Y en Madrid, figúrese usted en un Madrid... Lleno de estas ideas me pareció que tal vez hallaría en usted todo cuanto yo deseaba.

DOÑA IRENE

Y puede usted creer, señor don Diego, que...

DON DIEGO

Voy a acabar, señora; déjeme usted acabar. Yo me hago cargo, querida Paquita, de lo que habrán influido en una niña tan bien inclinada como usted las santas costumbres que ha visto practicar en aquel inocente asilo de la devoción y la virtud;[28] pero si a pesar de todo esto la imaginación acalorada, las circunstancias imprevistas, la hubiesen hecho elegir sujeto más digno, sepa usted que yo no quiero nada con violencia. Yo soy ingenuo;[29] mi corazón y mi lengua no se contradicen jamás. Esto mismo la pido a usted, Paquita: sinceridad. El cariño que a usted la tengo no la debe hacer infeliz... Su madre de usted no es capaz de querer una injusticia, y sabe muy bien que a nadie se le hace dichoso por fuerza. Si usted no halla en mí prendas que la inclinen, si siente algún otro cuidadillo en su corazón, créame usted,

---

[28] *inocente asilo de la devoción y la virtud*: perífrasis que designa al convento. Según Andioc hay que entender cierta ironía en esta alabanza desmesurada.   [29] *ingenuo*: sincero.

la menor disimulación en esto nos daría a todos muchísimo que sentir. [23]

DOÑA IRENE

¿Puedo hablar ya, señor?

DON DIEGO

Ella, ella debe hablar, y sin apuntador y sin intérprete. [30]

DOÑA IRENE

Cuando yo se lo mande.

DON DIEGO

Pues ya puede usted mandárselo, porque a ella la toca responder... Con ella he de casarme, con usted no.

DOÑA IRENE

Yo creo, señor don Diego, que ni con ella ni conmigo. ¿En qué concepto nos tiene usted?... Bien dice su padrino, y bien claro me lo escribió pocos días ha, cuando le di parte de este casamiento. Que aunque no la ha vuelto a ver desde que la tuvo en la pila, la quiere muchísimo; y a cuantos pasan por

---

[30] *sin apuntador y sin intérprete*: sin intermediarios.

(23) La mejor caracterización de don Diego la hace él mismo a través de sus palabras y, luego, de sus obras. Nótese la gran distancia que le separa del don Roque de *El viejo y la niña*, lleno de absurdas manías. Don Diego es sin duda un *alter ego* del propio Moratín, sincero, consciente de sus defectos y amigo de la libre expresión de los jóvenes; es, como el autor, algo ingenuo, dado al retiro, compañero de clérigos, amante de los niños, quizá por ser un «pajarraco huérfano» (en frase de Sebold), y sobre todo, un hombre que se deja guiar por la razón.

el Burgo de Osma [31] les pregunta cómo está, y continuamente nos envía memorias [32] con el ordinario. [33]

DON DIEGO

Y bien, señora, ¿qué escribió el padrino?... O, por mejor
decir, ¿qué tiene que ver nada de eso con lo que estamos
hablando?

DOÑA IRENE

Sí señor que tiene que ver; sí señor. Y aunque yo lo diga,
le aseguro a usted que ni un padre de Atocha [34] hubiera
puesto una carta mejor que la que él me envió sobre el
matrimonio de la niña... Y no es ningún catedrático, ni
bachiller, [35] ni nada de eso, sino un cualquiera, como quien
dice, un hombre de capa y espada, [36] con un empleíllo infeliz
en el ramo del viento, [37] que apenas le da para comer... Pero
es muy ladino, [38] y sabe de todo, y tiene una labia y escribe
que da gusto... Cuasi [39] toda la carta venía en latín, no le
parezca a usted, y muy buenos consejos que me daba en
ella... Que no es posible sino que adivinase lo que nos está
sucediendo.

DON DIEGO

Pero, señora, si no sucede nada, ni hay cosa que a usted la
deba disgustar.

---

[31] *Burgo de Osma*: localidad de la provincia de Soria. [32] *memorias*: recuer-
dos. [33] *ordinario*: correo regular. [34] *padre de Atocha*: dominico del convento
de Nuestra Señora de Atocha. La orden de los dominicos se había
significado por sus doctores y predicadores, de ahí que doña Irene se refiera
a ella como ejemplo de buena expresión. [35] *bachiller*: persona a la que se le
había otorgado el primer grado en la facultad. [36] *de capa y espada*: sin
ningún título. [37] *en el ramo del viento*: en una oficina que se encargaba de
cobrar la alcabala del viento, un tributo que pagaban los forasteros por los
géneros que vendían en una localidad. [38] *ladino*: astuto. [39] *Cuasi*: casi.

DOÑA IRENE

Pues ¿no quiere usted que me disguste oyéndole hablar de mi hija en unos términos que...? ¡Ella otros amores ni otros cuidados!... Pues si tal hubiera... ¡Válgame Dios!..., la mataba a golpes, mire usted... Respóndele, una vez que quiere que hables, y que yo no chiste. Cuéntale los novios que dejaste [40] en Madrid cuanto tenías doce años, y los que has adquirido en el convento al lado de aquella santa mujer. Díselo para que se tranquilice, y...

DON DIEGO

Yo, señora, estoy más tranquilo que usted.

DOÑA IRENE

Respóndele.

DOÑA FRANCISCA

Yo no sé qué decir. Si ustedes se enfadan.

DON DIEGO

No, hija mía; esto es dar alguna expresión [41] a lo que se dice; pero enfadarnos no, por cierto. Doña Irene sabe lo que yo la estimo.

DOÑA IRENE

Sí, señor, que lo sé, y estoy sumamente agradecida a los favores que usted nos hace... Por eso mismo...

DON DIEGO

No se hable de agradecimiento; cuanto yo puedo hacer, todo es poco... Quiero solo que doña Paquita esté contenta.

---

[40] *Cuéntale los novios que dejaste*: antífrasis. Doña Irene niega irónicamente lo mismo que afirma.   [41] *expresión*: viveza.

DOÑA IRENE

¿Pues no ha de estarlo? Responde.

DOÑA FRANCISCA

Sí, señor, que lo estoy.

DON DIEGO

Y que la mudanza de estado que se la previene no la cueste el menor sentimiento.

DOÑA IRENE

No, señor, todo al contrario... Boda más a gusto de todos no se pudiera imaginar.

DON DIEGO

En esa inteligencia [42] puedo asegurarla que no tendrá motivos de arrepentirse después. En nuestra compañía vivirá querida y adorada, y espero que a fuerza de beneficios he de merecer su estimación y su amistad.

DOÑA FRANCISCA

Gracias, señor don Diego... ¡A una huérfana, pobre, desvalida como yo!...

DON DIEGO

Pero de prendas tan estimables que la hacen a usted digna todavía de mayor fortuna.

DOÑA IRENE

Ven aquí, ven... Ven aquí, Paquita.

---

[42] *En esa inteligencia*: en ese caso.

DOÑA FRANCISCA

¡Mamá!
(Levántase, abraza a su madre y se acarician mutuamente.)

DOÑA IRENE

¿Ves lo que te quiero?

DOÑA FRANCISCA

Sí, señora.

DOÑA IRENE

¿Y cuánto procuro tu bien, que no tengo otro pío [43] sino el de verte colocada antes que yo falte?

DOÑA FRANCISCA

Bien lo conozco.

DOÑA IRENE

¡Hija de mi vida! ¿Has de ser buena?

DOÑA FRANCISCA

Sí, señora.

DOÑA IRENE

¡Ay, que no sabes tú lo que te quiere tu madre!

DOÑA FRANCISCA

Pues ¿qué? ¿No la quiero yo a usted?

DON DIEGO

Vamos, vamos de aquí. *(Levántase don Diego, y después doña Irene.)* No venga alguno y nos halle a los tres llorando como tres chiquillos.

---

[43] *pío*: vivo deseo.

DOÑA IRENE

Sí, dice usted bien.
(Vanse los dos al cuarto de doña Irene. Doña Francisca va detrás, y Rita, que sale por la puerta del foro, la hace detener.) [24]

ESCENA VI

RITA, DOÑA FRANCISCA

RITA

Señorita... ¡Eh! chit..., señorita.

DOÑA FRANCISCA

¿Qué quieres?

RITA

Ya ha venido.

DOÑA FRANCISCA

¿Cómo?

RITA

Ahora mismo acaba de llegar. Le he dado un abrazo con licencia de usted, y ya sube por la escalera.

---

(24) Esta escena V es significativa en el desarrollo de la obra; Moratín en ella pasa de la tensión a la distensión y al sentimentalismo del lacrimoso final, que contrasta con el ridículo enfado y las palabras de doña Irene. Igualmente se pasa del parlamento largo al corto y rápido. Todo ello consigue cierta variedad y viveza. Obsérvense las anticipaciones del desenlace cuando don Diego habla del otro «cuidadillo» y doña Irene dice: «Cuéntale los novios (...) que has adquirido en el convento».

DOÑA FRANCISCA

¡Ay, Dios!... ¿Y qué debo hacer?

RITA

¡Donosa pregunta!... [44] Vaya, lo que importa es no gastar el tiempo en melindres de amor... Al asunto... y juicio... Y mire usted que en el paraje [45] en que estamos la conversación no puede ser muy larga... Ahí está.

DOÑA FRANCISCA

Sí... Él es.

RITA

Voy a cuidar de aquella gente... Valor, señorita, y resolución. *(Rita se entra en el cuarto de doña Irene.)*

DOÑA FRANCISCA

No, no; que yo también... Pero no lo merece.

ESCENA VII

DON CARLOS, DOÑA FRANCISCA

(Sale don Carlos por la puerta del foro)

DON CARLOS

¡Paquita!... ¡Vida mía! Ya estoy aquí... ¿Cómo va, [46] hermosa; cómo va?

---

[44] *¡Donosa pregunta!*: ¡Bonita pregunta!   [45] *paraje*: estado, situación.   [46] *Cómo va*: expresión de saludo. Posible galicismo.

DOÑA FRANCISCA

Bien venido.

DON CARLOS

¿Cómo tan triste?... ¿No merece mi llegada más alegría?

DOÑA FRANCISCA

Es verdad; pero acaban de sucederme cosas que me tienen fuera de mí... Sabe usted... Sí, bien lo sabe usted... Después de escrita aquella carta, fueron por mí... Mañana a Madrid... Ahí está mi madre.

DON CARLOS

¿En dónde?

DOÑA FRANCISCA

Ahí, en ese cuarto. *(Señalando al cuarto de doña Irene.)*

DON CARLOS

¿Sola?

DOÑA FRANCISCA

No, señor.

DON CARLOS

Estará en compañía del prometido esposo. *(Se acerca al cuarto de doña Irene, se detiene y vuelve.)* Mejor... Pero ¿no hay nadie más con ella?

DOÑA FRANCISCA

Nadie más, solos están... ¿Qué piensa usted hacer?

DON CARLOS

Si me dejase llevar de mi pasión y de lo que esos ojos me inspiran, una temeridad... Pero tiempo hay... Él también será hombre de honor, y no es justo insultarle porque quiere bien a una mujer tan digna de ser querida... Yo no conozco a su madre de usted ni... Vamos, ahora nada se puede hacer... Su decoro [47] de usted merece la primera atención.

DOÑA FRANCISCA

Es mucho el empeño que tiene en que me case con él.

DON CARLOS

No importa.

DOÑA FRANCISCA

Quiere que esta boda se celebre así que lleguemos a Madrid.

DON CARLOS

¿Cuál?... No. Eso no.

DOÑA FRANCISCA

Los dos están de acuerdo, y dicen...

DON CARLOS

Bien... Dirán... Pero no puede ser.

DOÑA FRANCISCA

Mi madre no me habla continuamente de otra materia. Me amenaza, me ha llenado de temor... Él insta [48] por su parte, me ofrece tantas cosas, me...

---

[47] *decoro*: honor. La aparición de términos como *decoro* y, más adelante, *recato*, configura el ideal de comportamiento femenino para los ilustrados.   [48] *insta*: insiste.

DON CARLOS

Y usted, ¿qué esperanza le da?... ¿Ha prometido quererle mucho?

DOÑA FRANCISCA

¡Ingrato!... ¿Pues no sabe usted que...? ¡Ingrato!

DON CARLOS

Sí; no lo ignoro, Paquita... Yo he sido el primer amor.

DOÑA FRANCISCA

Y el último.

DON CARLOS

Y antes perderé la vida que renunciar al lugar que tengo en ese corazón... Todo él es mío... ¿Digo bien? *(Asiéndola de las manos.)*

DOÑA FRANCISCA

¿Pues de quién ha de ser?

DON CARLOS

¡Hermosa! ¡Qué dulce esperanza me anima!... Una sola palabra de esa boca me asegura...[49] Para todo me da valor... En fin, ya estoy aquí... ¿Usted me llama para que la defienda, la libre, la cumpla una obligación mil y mil veces prometida? Pues a eso mismo vengo yo... Si ustedes se van a Madrid mañana, yo voy también. Su madre de usted sabrá quién soy... Allí puedo contar con el favor de un anciano respetable y virtuoso, a quien más que tío debo llamar amigo y padre. No tiene otro deudo más inmediato ni más querido que yo; es hombre muy rico, y si los dones de la

---

[49] *me asegura*: me da confianza.

fortuna tuviesen para usted algún atractivo, esta circunstancia añadiría felicidades a nuestra unión.

DOÑA FRANCISCA

¿Y qué vale para mí toda la riqueza del mundo?

DON CARLOS

Ya lo sé. La ambición no puede agitar a un alma tan inocente.

DOÑA FRANCISCA

Querer y ser querida... Ni apetezco más ni conozco mayor fortuna.

DON CARLOS

Ni hay otra... Pero usted debe serenarse, y esperar que la suerte mude nuestra aflicción presente en durables dichas.

DOÑA FRANCISCA

¿Y qué se ha de hacer para que a mi pobre madre no la cueste una pesadumbre?... ¡Me quiere tanto!... Si acabo de decirla que no la disgustaré, ni me apartaré de su lado jamás; que siempre seré obediente y buena... ¡Y me abrazaba con tanta ternura! Quedó tan consolada con lo poco que acerté a decirla... Yo no sé, no sé qué camino ha de hallar usted para salir de estos ahogos.

DON CARLOS

Yo le buscaré... ¿No tiene usted confianza en mí?

DOÑA FRANCISCA

¿Pues no he de tenerla? ¿Piensa usted que estuviera yo viva si esa esperanza no me animase? Sola y desconocida de todo el mundo, ¿qué había yo de hacer? Si usted no hubiese venido, mis melancolías me hubieran muerto, sin tener a quién volver los ojos, ni poder comunicar a nadie la causa de ellas... Pero usted ha sabido proceder como caballero y amante, y acaba de darme con su venida la prueba mayor de lo mucho que me quiere. *(Se enternece y llora.)*

DON CARLOS

¡Qué llanto!... ¡Cómo persuade!... Sí, Paquita, yo solo basto para defenderla a usted de cuantos quieran oprimirla. A un amante favorecido, ¿quién puede oponérsele? Nada hay que temer.

DOÑA FRANCISCA

¿Es posible?

DON CARLOS

Nada... Amor [50] ha unido nuestras almas en estrechos nudos, y solo la muerte bastará a dividirlas. [(25)]

---

[50] *Amor*: alusión a la divinidad mitológica, como motor de la atracción entre los amantes.

~~~~~~

(25) Las primeras palabras de don Carlos (don Félix para Paquita y el espectador) desmienten la imagen de «matón» que Calamocha había trazado. Es un hombre razonable que no se deja llevar por el impulso, ya que considera que su oponente es también hombre de honor y no ha hecho nada malo. No se olvide en este punto que Moratín desprecia el teatro antiguo, entre otras cosas, porque «allí es heroicidad la altanería», según dice en la *Lección poética*. Hay que reparar en el hecho de que el encuentro entre los dos amantes se sitúe justo a mitad del acto y, por tanto, de la obra. Con ello se pretende realzar esa relación amorosa que les une. Obsérvese que aumenta la confusión, porque a la vez que doña Francisca cree hablar con don Félix, este espera contar con la ayuda de su tío, sin saber que es precisamente su rival. La comedia

ESCENA VIII

RITA, DON CARLOS, DOÑA FRANCISCA

RITA

Señorita, adentro. La mamá pregunta por usted. Voy a traer la cena, y se van a recoger al instante... Y usted, señor galán, ya puede también disponer de su persona. [51]

DON CARLOS

Sí, que no conviene anticipar sospechas... Nada tengo que añadir.

DOÑA FRANCISCA

Ni yo.

DON CARLOS

Hasta mañana. Con la luz del día veremos a este dichoso competidor.

RITA

Un caballero muy honrado, muy rico, muy prudente; con su chupa [52] larga, su camisola [53] limpia y sus sesenta años debajo del peluquín. *(Se va por la puerta del foro)*

---

[51] *disponer de su persona*: eufemismo por «marcharse».   [52] *chupa*: prenda de vestir de mangas ajustadas que cubría el tronço.   [53] *camisola*: camisa con encaje en el cuello y los puños.

se va construyendo así como un conjunto de descubrimientos sorprendentes, y es que Moratín opina que «si no se excita la curiosidad del auditorio (...), si no espera, ni teme, ni duda, luego se distrae» (en *Notas a El Viejo y la niña*). En este momento se han entrecruzado ya los dos hilos de la trama, aunque aún el público no tenga conciencia de ello.

DOÑA FRANCISCA

Hasta mañana.

DON CARLOS

Adiós, Paquita.

DOÑA FRANCISCA

Acuéstese usted y descanse.

DON CARLOS

¿Descansar con celos?

DOÑA FRANCISCA

¿De quién?

DON CARLOS

Buenas noches... Duerma usted bien, Paquita.

DOÑA FRANCISCA

¿Dormir con amor?

DON CARLOS

Adiós, vida mía.

DOÑA FRANCISCA

Adiós. *(Éntrase al cuarto de doña Irene.)* [26]

---

(26) Nuevo final de escena lacrimoso y sentimental, en que la desvalida doña Paquita hace depender su felicidad de su amante. Obsérvese el retoricismo de la despedida, los encadenamientos y repeticiones que se producen, incluso la rima *amor-adiós*, que acentúa el dramatismo y es algo efectista. Contrasta esta situación con la escena siguiente, en que Rita y Calamocha se dirigen varios requiebros llenos de vivacidad, picardía y humor.

ESCENA IX

DON CARLOS, CALAMOCHA, RITA

DON CARLOS

¡Quitármela! *(Paseándose inquieto.)* No... sea quien fuere, no me la quitará. Ni su madre ha de ser tan imprudente que se obstine en verificar [54] este matrimonio repugnándolo su hija..., mediando yo... ¡Sesenta años!... Precisamente será muy rico... ¡El dinero!... Maldito él sea, que tantos desórdenes origina. [27]

CALAMOCHA

Pues, señor *(Sale por la puerta del foro)*, tenemos un medio cabrito asado, y... a lo menos parece cabrito. Tenemos una magnífica ensalada de berros, sin anapelos [55] ni otra materia extraña, bien lavada, escurrida y condimentada por estas manos pecadoras, que no hay más que pedir. Pan de Meco, [56] vino de la Tercia... [57] Conque si hemos de cenar y dormir, me parece que sería bueno...

---

[54] *verificar*: realizar, llevar a cabo.   [55] *ensalada de berros, sin anapelos*: el berro es una planta cosmestible de gusto picante que nace en parajes con agua; el anapelo, por su parte, nace entre las anteriores y tiene propiedades venenosas. Existe el refrán *Tú que coges el berro, guárdate del anapelo*, que aconseja cautela para saber distinguir lo bueno de lo malo.   [56] *Meco*: villa cercana a Alcalá, famosa por su buen pan.   [57] *la Tercia*: calle cercana a la Mayor de Alcalá, famosa por los ricos vinillos que se vendían en sus bodegas.

---

(27) Otro monólogo, en este caso de don Carlos, que con sus palabras y su paseo nervioso muestra preocupación e inquietud. Moratín consigue transmitir una impresión de realismo al reproducir sus palabras con el mismo desorden en que le brotan del pensamiento, sin elaborar sintácticamente las frases. El tono exclamativo, la elipsis y el uso de los puntos suspensivos acentúan la sensación de verdad.

DON CARLOS

Vamos... ¿Y adónde ha de ser?

CALAMOCHA

Abajo... Allí he mandado disponer una angosta y fementi-da[58] mesa, que parece un banco de herrador.

RITA

¿Quién quiere sopas?
(Sale por la puerta del foro con unos platos, taza, cuchara y servilleta.)

DON CARLOS

Buen provecho.

CALAMOCHA

Si hay alguna real moza que guste de cenar cabrito, levante el dedo.

RITA

La real[59] moza se ha comido ya media cazuela de albondiguillas... Pero lo agradece, señor militar. *(Éntrase al cuarto de doña Irene.)*

CALAMOCHA

Agradecida te quiero yo, niña de mis ojos.

DON CARLOS

Conque ¿vamos?

---

[58] *angosta y fementida*: estrecha y engañosa.   [59] *real*: soberbia.

CALAMOCHA

¡Ay, ay, ay!... *(Calamocha se encamina a la puerta del foro, y vuelve; hablan él y don Carlos, con reserva, hasta que Calamocha se adelanta a saludar a Simón.)* ¡Eh! Chit, [60] digo...

DON CARLOS

¿Qué?

CALAMOCHA

¿No ve usted lo que viene por allí?

DON CARLOS

¿Es Simón?

CALAMOCHA

El mismo... Pero ¿quién diablos le...?

DON CARLOS

¿Y qué haremos?

CALAMOCHA

¿Qué sé yo?... Sonsacarle, mentir y... ¿Me da usted licencia para que...?

DON CARLOS

Sí; miente lo que quieras... ¿A qué habrá venido este hombre?

---

[60] *Chit*: onomatopeya que impone silencio.

ESCENA X

SIMÓN, DON CARLOS, CALAMOCHA

(Simón sale por la puerta del foro)

CALAMOCHA

Simón, ¿tú por aquí?

SIMÓN

Adiós, [61] Calamocha. ¿Cómo va?

CALAMOCHA

Lindamente.

SIMÓN

¡Cuánto me alegro de...!

DON CARLOS

¡Hombre! ¿Tú en Alcalá? ¿Pues qué novedad es esta?

SIMÓN

¡Oh, que estaba usted ahí, señorito!... ¡Voto va sanes! [62]

DON CARLOS

¿Y mi tío?

---

[61] *Adiós*: expresión de saludo que se conserva en la actualidad en el habla rural. Nótese que equivale a *Hola*, porque Simón no se está despidiendo.   [62] *¡Voto va sanes!*: expresión familiar de sorpresa. *Sanes* es plural eufemístico de *san*.

SIMÓN
Tan bueno.

CALAMOCHA
¿Pero se ha quedado en Madrid, o...?

SIMÓN
¿Quién me había de decir a mí...? ¡Cosa como ella! Tan ajeno estaba yo ahora de... Y usted, de cada vez más guapo... ¿Conque usted irá a ver al tío, eh?

CALAMOCHA
Tú habrás venido con algún encargo del amo.

SIMÓN
¡Y qué calor traje, y qué polvo por ese camino. ¡Ya, ya!

CALAMOCHA
Alguna cobranza [63] tal vez, ¿eh?

DON CARLOS
Puede ser. Como tiene mi tío ese poco de hacienda en Ajalvir... [64] ¿No has venido a eso?

SIMÓN
¡Y qué buena maula [65] le ha salido el tal administrador! Labriego más marrullero [66] y más bellaco no le hay en toda la campiña... ¿Conque usted viene ahora de Zaragoza?

---

[63] *cobranza*: recaudación de dinero.   [64] *Ajalvir*: pueblo cercano a Alcalá. Andioc recuerda la hacienda de Moratín en Pastrana, que tantas quejas como la presente originó al autor.   [65] *maula*: persona tramposa y mala pagadora.   [66] *marrullero*: embaucador.

DON CARLOS

Pues... Figúrate tú.

SIMÓN

¿O va usted allá?

DON CARLOS

¿Adónde?

SIMÓN

A Zaragoza. ¿No está allí el regimiento?

CALAMOCHA

Pero, hombre, si salimos el verano pasado de Madrid, ¿no habíamos de haber andado más de cuatro leguas?

SIMÓN

¿Qué sé yo? Algunos van por la posta, [67] y tardan más de cuatro meses en llegar... Debe de ser un camino muy malo.

CALAMOCHA

(Aparte, separándose de Simón) ¡Maldito seas tú y tu camino, y la bribona que te dio papilla! [68]

DON CARLOS

Pero aún no me has dicho si mi tío está en Madrid o en Alcalá, ni a qué has venido, ni...

---

[67] *van por la posta*: Véase la nota 27 del acto I.   [68] *la bribona que te dio papilla*: perífrasis humorística por «tu madre».

SIMÓN

Bien, a eso voy... Sí señor, voy a decir a usted... Conque...
Pues el amo me dijo...[28]

ESCENA XI

DON DIEGO, DON CARLOS, SIMÓN, CALAMOCHA

DON DIEGO

(Desde adentro.) No, no es menester; si hay luz aquí.
Buenas noches, Rita.
(Don Carlos se turba y se aparta a un extremo del teatro)

DON CARLOS

¡Mi tío!...

DON DIEGO

¡Simón!
(Sale del cuarto de doña Irene, encaminándose al suyo; repara en don Carlos y se acerca a él. Simón le alumbra y vuelve a dejar la luz sobre la mesa)

~~~~~~

(28) El encuentro con Simón empieza a destejer el embrollo,
hasta ahora solo claro para el lector o el espectador. Obsérvese la
habilidad del criado para desviar el tema de la conversación, sin
duda por haber intuido que la presencia del sobrino iba a
complicar las cosas a don Diego. Con la llegada de este se produce
un momento de tensión en que los dos oponentes se enfrentan, sin
que ninguno de los dos sepa que el otro es su rival. La falta de luz
propicia la confusión.

SIMÓN

Aquí estoy, señor.

DON CARLOS

(Aparte) ¡Todo se ha perdido!

DON DIEGO

Vamos... Pero... ¿quién es?

SIMÓN

Un amigo de usted, señor.

DON CARLOS

(Aparte) ¡Yo estoy muerto!

DON DIEGO

¿Cómo un amigo?... ¿Qué?... Acerca esa luz.

DON CARLOS

Tío.
(En ademán de besar la mano [69] *a don Diego, que le aparta de sí con enojo)*

DON DIEGO

Quítate de ahí.

DON CARLOS

Señor.

---

[69] *ademán de besar la mano*: actitud de besar la mano, una señal de respeto corriente en el antiguo régimen que era excesiva ya a principios del XIX (Andioc).

DON DIEGO

Quítate... No sé cómo no le... ¿Qué haces aquí?

DON CARLOS

Si usted se altera y...

DON DIEGO

¿Qué haces aquí?

DON CARLOS

Mi desgracia me ha traído.

DON DIEGO

¡Siempre dándome que sentir, siempre! Pero... *(Acercándose a don Carlos.)* ¿Qué dices? ¿De veras ha ocurrido alguna desgracia? Vamos... ¿Qué te sucede?... ¿Por qué estás aquí?

CALAMOCHA

Porque le tiene a usted ley, [70] y le quiere bien, y...

DON DIEGO

A ti no te pregunto nada... ¿Por qué has venido de Zaragoza sin que yo lo sepa?... ¿Por qué te asusta el verme?... Algo has hecho: sí, alguna locura has hecho que le habrá de costar la vida a tu pobre tío.

DON CARLOS

No, señor; que nunca olvidaré las máximas de honor y prudencia que usted me ha inspirado tantas veces.

---

[70] *ley*: cariño.

DON DIEGO

Pues ¿a qué viniste? ¿Es desafío? ¿Son deudas? ¿Es algún disgusto con tus jefes?... Sácame de esta inquietud, Carlos... Hijo mío, sácame de este afán.

CALAMOCHA

Si todo ello no es más que...

DON DIEGO

Ya he dicho que calles... Ven acá. *(Tomándole de la mano se aparta con él a un extremo del teatro, y le habla en voz baja.)* Dime qué ha sido.

DON CARLOS

Una ligereza, [71] una falta de sumisión a usted... Venir a Madrid sin pedirle licencia primero... Bien arrepentido estoy, considerando la pesadumbre que le he dado al verme.

DON DIEGO

¿Y qué otra cosa hay?

DON CARLOS

Nada más, señor.

DON DIEGO

Pues ¿qué desgracia era aquella de que me hablaste?

DON CARLOS

Ninguna. La de hallarle a usted en este paraje... y haberle disgustado tanto, cuando yo esperaba sorprenderle en Madrid, estar en su compañía algunas semanas y volverme contento de haberle visto.

---

[71] *ligereza*: hecho irreflexivo.

DON DIEGO

¿No hay más?

DON CARLOS

No, señor.

DON DIEGO

Míralo bien.

DON CARLOS

No, señor... A eso venía. No hay nada más.

DON DIEGO

Pero no me digas tú a mí... Si es imposible que estas escapadas se... No, señor... ¿Ni quién ha de permitir que un oficial se vaya cuando se le antoje, y abandone de ese modo sus banderas?... Pues si tales ejemplos se repitieran mucho, adiós disciplina militar... Vamos... Eso no puede ser.

DON CARLOS

Considere usted, tío, que estamos en tiempo de paz; que en Zaragoza no es necesario un servicio tan exacto como en otras plazas, en que no se permite descanso a la guarnición... Y, en fin, puede usted creer que este viaje supone la aprobación y la licencia de mis superiores, que yo también miro por mi estimación, y que cuando me he venido, estoy seguro de que no hago falta.

DON DIEGO

Un oficial siempre hace falta a sus soldados. El rey le tiene allí para que los instruya, los proteja y les dé ejemplos de subordinación, de valor, de virtud.

DON CARLOS

Bien está; pero ya he dicho los motivos...

DON DIEGO

Todos esos motivos no valen nada... ¡Porque le dio la gana de ver al tío!... Lo que quiere su tío de usted no es verle cada ocho días, sino saber que es hombre de juicio, y que cumple con sus obligaciones. Eso es lo que quiere... Pero *(Alza la voz y se pasea con inquietud)* yo tomaré mis medidas para que estas locuras no se repitan otra vez... Lo que usted ha de hacer ahora es marcharse inmediatamente.

DON CARLOS

Señor, si...

DON DIEGO

No hay remedio... Y ha de ser al instante. Usted no ha de dormir aquí.

CALAMOCHA

Es que los caballos no ,están ahora para correr... ni pueden moverse.

DON DIEGO

Pues con ellos *(A Calamocha)* y con las maletas al mesón de afuera. Usted *(A don Carlos)* no ha de dormir aquí... Vamos *(A Calamocha)* tú, buena pieza, menéate. Abajo con todo. Pagar el gasto que se haya hecho, sacar los caballos y marchar... Ayúdale tú... *(A Simón.)* ¿Qué dinero tienes ahí?

SIMÓN

Tendré unas cuatro o seis onzas. [72]
(Saca de un bolsillo algunas monedas y se las da a don Diego.)

---

[72] *onzas:* monedas de oro que equivalían a 320 reales.

DON DIEGO

Dámelas acá... Vamos, ¿qué haces? *(A Calamocha.)* ¿No he dicho que ha de ser al instante?... Volando. Y tú *(A Simón)* ve con él, ayúdale, y no te me apartes de allí hasta que se hayan ido.

(Los dos criados entran en el cuarto de don Carlos)

ESCENA XII

DON DIEGO, DON CARLOS

DON DIEGO

Tome usted. *(Le da el dinero.)* Con eso hay bastante para el camino... Vamos, que cuando yo lo dispongo así, bien sé lo que me hago... ¿No conoces que es todo por tu bien, y que ha sido un desatino el que acabas de hacer?... Y no hay que afligirse por eso, ni creas que es falta de cariño... Ya sabes lo que te he querido siempre; y en obrando tú según corresponde, seré tu amigo como lo he sido hasta aquí.

DON CARLOS

Ya lo sé.

DON DIEGO

Pues bien; ahora obedece lo que te mando.

DON CARLOS

Lo haré sin falta.

DON DIEGO

Al mesón de afuera *(A los criados, que salen con los trastos del cuarto de don Carlos, y se van por la puerta del foro)*. Allí puedes dormir, mientras los caballos comen y descansan... Y no me vuelvas aquí por ningún pretexto ni entres en la ciudad... ¡Cuidado! Y a eso de las tres o las cuatro, marchar. Mira que he de saber a la hora que sales. ¿Lo entiendes?

DON CARLOS

Sí, señor.

DON DIEGO

Mira que lo has de hacer.

DON CARLOS

Sí, señor; haré lo que usted manda.

DON DIEGO

Muy bien... Adiós... Todo te lo perdono... Vete con Dios... Y yo sabré también cuándo llegas a Zaragoza; no te parezca que estoy ignorante de lo que hiciste la vez pasada.

DON CARLOS

¿Pues qué hice yo?

DON DIEGO

Si te digo que lo sé, y que te lo perdono, ¿qué más quieres? No es tiempo ahora de tratar de eso. Vete.

DON CARLOS

Quede usted con Dios.
(Hace que se va, y vuelve.)

DON DIEGO

¿Sin besar la mano a su tío, eh?

DON CARLOS

No me atreví.
(*Besa la mano a don Diego y se abrazan*)

DON DIEGO

Y dame un abrazo, por si no nos volvemos a ver.

DON CARLOS

¿Qué dice usted? ¡No lo permita Dios!

DON DIEGO

¡Quién sabe, hijo mío! ¿Tienes algunas deudas? ¿Te falta algo?

DON CARLOS

No, señor; ahora no.

DON DIEGO

Mucho es, porque tú siempre tiras por largo...[73] Como cuentas con la bolsa del tío... Pues bien; yo escribiré al señor Aznar para que te dé cien doblones[74] de orden mía. Y mira cómo lo gastas... ¿Juegas?

DON CARLOS

No, señor; en mi vida.

DON DIEGO

Cuidado con eso... Conque, buen viaje. Y no te acalores:[75] jornadas regulares y nada más... ¿Vas contento?

---

[73] *tiras por largo*: gastas sin medida.   [74] *doblones*: monedas de oro que equivalían a 60 reales. Para que se tenga una idea meramente aproximada, los asientos de teatro costaban en la época 12 reales (Andioc).   [75] *te acalores*: te fatigues.

DON CARLOS

No, señor. Porque usted me quiere mucho, me llena de beneficios, y yo le pago mal.

DON DIEGO

No se hable ya de lo pasado... Adiós.

DON CARLOS

¿Queda usted enojado conmigo?

DON DIEGO

No, no por cierto... Me disgusté bastante, pero ya se acabó... No me des que sentir. *(Poniéndole ambas manos sobre los hombros.)* Portarse [76] como hombre de bien.

DON CARLOS

No lo dude usted.

DON DIEGO

Como oficial de honor.

DON CARLOS

Así lo prometo.

DON DIEGO

Adiós, Carlos. *(Abrázanse.)*

---

[76] *Portarse*: uso coloquial del infinitivo con valor de mandato que confiere cierto carácter impersonal a la expresión.

DON CARLOS

(Aparte, al irse por la puerta del foro.) ¡Y la dejo!... ¡Y la pierdo para siempre! [29]

ESCENA XIII

DON DIEGO

DON DIEGO

Demasiado bien se ha compuesto... Luego lo sabrá enhorabuena... Pero no es lo mismo escribírselo que... Después de hecho, no importa nada... ¡Pero siempre aquel respeto al tío!... Como una malva [77] es.

(Se enjuga las lágrimas, toma una luz y se va a su cuarto. Queda oscura la escena por un breve espacio) [30]

---

[77] *como una malva*: dócil y apacible.

[29] Higashitani achaca a Moratín el error técnico de no decirnos cuándo se entera don Carlos de que su tío es su rival; pero es evidente que el joven lo sabe en esta escena, que también nos muestra el cariño paternal del tío. Carlos ha comprendido todo y ha tomado decisión: resignarse y marcharse. Algún comentarista censuró este apocamiento en un oficial tan heroico, pero es que a Moratín le interesa ofrecer modelos para que el público imite y, como todo buen ilustrado, considera fundamental el respeto a la autoridad y al orden público. Nótese que en este punto del argumento se han cruzado ya los dos hilos de la trama y a partir de ahora marcharán como uno solo.

[30] Contra la opinión de preceptistas como Boileau o Luzán, Moratín deja la escena vacía y oscura un momento; es algo que ya había experimentado en otras obras anteriores. Obsérvese que

ESCENA XIV

DOÑA FRANCISCA, RITA

(Salen del cuarto de doña Irene. Rita sacará una luz y la pone sobre la mesa)

RITA

Mucho silencio hay por aquí.

DOÑA FRANCISCA

Se habrán recogido ya... Estarán rendidos.

RITA

Precisamente.

DOÑA FRANCISCA

¡Un camino tan largo!

RITA

¡A lo que obliga el amor, señorita!

DOÑA FRANCISCA

Sí; bien puedes decirlo: amor... Y yo ¿qué no hiciera por él?

---

consigue con ello acentuar la impresión de soledad y abandono en que queda Paquita, mostrar la confusión e irracionalidad de la solución a que ha llegado don Diego y dejar al espectador un breve momento de reflexión en un punto en que todo parece perdido para la causa de los amantes, que en estos instantes sería también la del público.

RITA

Y deje usted, que no ha de ser este el último milagro. Cuando lleguemos a Madrid, entonces será ella... [78] El pobre don Diego ¡qué chasco se va a llevar! Y por otra parte, vea usted qué señor tan bueno, que cierto da lástima...

DOÑA FRANCISCA

Pues en eso consiste todo. Si él fuese un hombre despreciable, ni mi madre hubiera admitido su pretensión, ni yo tendría que disimular mi repugnancia... Pero ya es otro tiempo, Rita. Don Félix ha venido, y ya no temo a nadie. Estando mi fortuna en su mano, me considero la más dichosa de las mujeres.

RITA

¡Ay! Ahora que me acuerdo... Pues poquito me lo encargó... Ya se ve, si con estos amores tengo yo también la cabeza... Voy por él. *(Encaminándose al cuarto de doña Irene.)*

DOÑA FRANCISCA

¿A qué vas?

RITA

El tordo, que ya se me olvidaba sacarle de allí.

DOÑA FRANCISCA

Sí, tráele, no empiece a rezar como anoche... Allí quedó junto a la ventana... Y ven con cuidado, no despierte mamá.

---

[78] *entonces será ella*: expresión coloquial que viene a decir que en ese momento ocurrirá lo más importante.

RITA

Sí; mire usted el estrépito de caballerías que anda por allá abajo... Hasta que lleguemos a nuestra calle del Lobo, [79] número siete, cuarto segundo, no hay que pensar en dormir... Y ese maldito portón, que rechina, que...

DOÑA FRANCISCA

Te puedes llevar la luz.

RITA

No es menester, que ya sé dónde está. *(Vase al cuarto de doña Irene.)*

ESCENA XV

SIMÓN, DOÑA FRANCISCA

(Sale por la puerta del foro Simón)

DOÑA FRANCISCA

Yo pensé que estaban ustedes acostados.

SIMÓN

El amo ya habrá hecho esa diligencia; pero yo todavía no sé en dónde he de tender el rancho... [80] Y buen sueño que tengo.

---

[79] *calle del Lobo*: la actual calle de Echegaray en Madrid. Repárese en el detallismo de Moratín al referirnos el número, piso y puerta de la vivienda. [80] *tender el rancho*: buscar un lugar para descansar.

DOÑA FRANCISCA

¿Qué gente nueva ha llegado ahora?

SIMÓN

Nadie. Son unos que estaban ahí, y se han ido.

DOÑA FRANCISCA

¿Los arrieros? [81]

SIMÓN

No, señora. Un oficial y un criado suyo, que parece que se van a Zaragoza.

DOÑA FRANCISCA

¿Quiénes dice usted que son?

SIMÓN

Un teniente coronel y su asistente.

DOÑA FRANCISCA

¿Y estaban aquí?

SIMÓN

Sí, señora; ahí en ese cuarto.

DOÑA FRANCISCA

No los he visto.

SIMÓN

Parece que llegaron esta tarde y... A la cuenta [82] habrán despachado ya la comisión que traían... Conque se han ido... Buenas noches, señorita. *(Vase al cuarto de don Diego.)*

---

[81] *arrieros*: personas que llevan animales de carga. [82] *A la cuenta*: al parecer.

ESCENA XVI

RITA, DOÑA FRANCISCA

DOÑA FRANCISCA

¡Dios mío de mi alma! ¿Qué es esto?... No puedo sostenerme... ¡Desdichada! *(Siéntase en una silla junto a la mesa.)*

RITA

Señorita, yo vengo muerta. *(Saca la jaula del tordo y la deja encima de la mesa; abre la puerta del cuarto de don Carlos, y vuelve.)*

DOÑA FRANCISCA

¡Ay, que es cierto!... ¿Tú lo sabes también?

RITA

Deje usted, que todavía no creo lo que he visto... Aquí no hay nadie..., ni maletas, ni ropa, ni... Pero ¿cómo podía engañarme? Si yo misma los he visto salir.

DOÑA FRANCISCA

¿Y eran ellos?

RITA

Sí, señora. Los dos.

DOÑA FRANCISCA

Pero ¿se han ido fuera de la ciudad?

RITA

Si no los he perdido de vista hasta que salieron por Puerta de Mártires...[83] Como está un paso de aquí.

DOÑA FRANCISCA

¿Y es ese el camino de Aragón?

RITA

Ese es.

DOÑA FRANCISCA

¡Indigno!... ¡Hombre indigno!

RITA

Señorita.

DOÑA FRANCISCA

¿En qué te ha ofendido esta infeliz?

RITA

Yo estoy temblando toda... Pero... Si es incomprensible... Si no alcanzo a descubrir qué motivos ha podido haber para esta novedad.

DOÑA FRANCISCA

¿Pues no le quise más que a mi vida?... ¿No me ha visto loca de amor?

---

[83] *Puerta de Mártires*: una Puerta de Alcalá por donde pasaba el camino hacia Zaragoza. Obsérvese la posible motivación del nombre al referirse a don Carlos, el cual habría sacrificado su amor de haber salido hacia su regimiento.

RITA

No sé qué decir al considerar una acción tan infame.

DOÑA FRANCISCA

¿Qué has de decir? Que no me ha querido nunca, ni es hombre de bien... ¿Y vino para esto? ¡Para engañarme, para abandonarme así! *(Levántase y Rita la sostiene.)*

RITA

Pensar que su venida fue con otro designio,[84] no me parece natural... Celos... ¿Por qué ha de tener celos?... Y aun eso mismo debiera enamorarle más... Él no es cobarde, y no hay que decir que habrá tenido miedo de su competidor.

DOÑA FRANCISCA·

Te cansas en vano... Di que es un pérfido, di que es un monstruo de crueldad, y todo lo has dicho.

RITA

Vamos de aquí, que puede venir alguien y...

DOÑA FRANCISCA

Sí, vámonos... Vamos a llorar... ¡Y en qué situación me deja!... Pero ¿ves qué malvado?

RITA

Sí, señora; ya lo conozco.

DOÑA FRANCISCA

¡Qué bien supo fingir!... ¿Y con quién? Conmigo... ¿Pues yo merecí ser engañada tan alevosamente?...[85] ¿Mereció mi

---

[84] *designio*: propósito.   [85] *alevosamente*: traidoramente.

cariño este galardón?... ¡Dios de mi vida! ¿Cuál es mi delito, cuál es? *(Rita coge la luz y se van entrambas al cuarto de doña Francisca.)* [31]

‌

(31) Este acto II se cierra como se había iniciado, con la atormentada intervención de doña Paquita, que ahora ve confirmados sus recelos. Este final triste y preocupante contrasta vivamente con el esperanzador y alegre del acto I, y consigue dejar en suspenso la atención del espectador, que ve deshechas las posibilidades de que se reúnan los amantes. Obsérvese que este acto se construye mediante la contraposición entre tensión y distensión, entre lo dramático-sentimental y lo humorístico; así, a determinados momentos de elevada tensión dramática (el diálogo de don Diego y doña Irene sobre el papel de los padres, el encuentro de los amantes, la represión de don Diego a su sobrino...) suceden otros donde es patente la distensión (la cena después de la despedida, la graciosa confusión de doña Irene, los requiebros de los criados...). Moratín utiliza en este acto uno de los procedimientos característicos en él para engarzar escenas: el mantener a un personaje en varias de ellas, cambiando a sus interlocutores (escs. 7 a 13). Obsérvese que este acto sirve de nudo o de cruce de los dos asuntos planteados en el primero, que ahora avanzarán unidos hasta la mitad del acto siguiente, en que empezará la marcha hacia el desenlace.

ACTO III

(Teatro oscuro. Sobre la mesa habrá un candelero con vela apagada y la jaula del tordo. Simón duerme tendido en el banco)

DON DIEGO, SIMÓN

DON DIEGO
(Sale de su cuarto poniéndose la bata)
Aquí, a lo menos, ya que no duerma no me derretiré... Vaya, si alcoba como ella no se... ¡Cómo ronca este!... Guardémosle el sueño hasta que venga el día, que ya poco puede tardar... *(Simón despierta y se levanta.)* ¿Qué es eso? Mira no te caigas, hombre. [32]

SIMÓN
Qué, ¿estaba usted ahí, señor?

---

(32) Se ha producido un salto temporal, pues ahora el día «ya poco puede tardar»; la venida de la luz natural del alba ayuda a destejer la maraña y conlleva el triunfo de la razón. Obsérvese cómo la alusión al calor de la posada, alusión hiperbólica y graciosa, es un elemento que rebaja la tensión con que había acabado el acto anterior.

DON DIEGO

Sí, aquí me he salido, porque allí no se puede parar.

SIMÓN

Pues yo, a Dios gracias, aunque la cama es algo dura, he dormido como un emperador.

DON DIEGO

¡Mala comparación!... Di que has dormido como un pobre hombre, que no tiene ni dinero, ni ambición, ni pesadumbres, ni remordimientos. [1]

SIMÓN

En efecto, dice usted bien... ¿Y qué hora será ya?

DON DIEGO

Poco ha que sonó el reloj de San Justo, [2] y si no conté mal, dio las tres.

SIMÓN

¡Oh!, pues ya nuestros caballeros irán por ese camino adelante echando chispas. [3]

DON DIEGO

Sí, ya es regular que hayan salido... Me lo prometió, y espero que lo hará.

---

[1] *Di que... remordimientos*: alusión al tópico literario del *beatus ille* horaciano. [2] *San Justo*: nombre de una de las iglesias de la ciudad. ¿Quiere Moratín hacer un chiste con el nombre del santo? [3] *echando chispas*: expresión coloquial que puede significar «rápidamente», pero también «dando muestras de enojo». Evidentemente el autor juega con los dos sentidos.

SIMÓN

¡Pero si usted viera qué apesadumbrado le dejé! ¡Qué triste!

DON DIEGO

Ha sido preciso.

SIMÓN

Ya lo conozco.

DON DIEGO

¿No ves qué venida tan intempestiva?

SIMÓN

Es verdad. Sin permiso de usted, sin avisarle, sin haber un motivo urgente... Vamos, hizo muy mal... Bien que por otra parte él tiene prendas suficientes para que se le perdone esta ligereza... Digo... Me parece que el castigo no pasará adelante, ¿eh?

DON DIEGO

¡No, qué! No señor. Una cosa es que le haya hecho volver... Ya ves en qué circunstancias nos cogía... Te aseguro que cuando se fue me quedó un ansia [4] en el corazón... *(Suenan a lo lejos tres palmadas, y poco después se oye que puntean [5] un instrumento.)* ¿Qué ha sonado? [(33)]

---

[4] *ansia*: angustia.   [5] *puntean*: tocan un instrumento de cuerda.

[(33)] Nótese la riqueza de los signos extraverbales que aparecen en la obra. Las tres palmadas, al igual que la tosecilla seca a la que antes aludía Rita, son señas de complicidad entre varios personajes que no pueden expresarse convencionalmente. Pero es que además don Diego pide que Paquita le dé alguna muestra de amor, aunque

SIMÓN

No sé... Gente que pasa por la calle. Serán labradores.

DON DIEGO

Calla.

SIMÓN

Vaya, música tenemos, según parece.

DON DIEGO

Sí, como lo hagan bien.

SIMÓN

¿Y quién será el amante infeliz que se viene a puntear a estas horas en ese callejón tan puerco?... Apostaré que son amores con la moza de la posada, que parece un mico. [6]

DON DIEGO

Puede ser.

SIMÓN

Ya empiezan, oigamos... (*Tocan una sonata* [7] *desde adentro.*) Pues dígole a usted que toca muy lindamente el pícaro del barberillo. [8]

---

[6] *mico*: compárese con el adjetivo *mona* que se refería antes a doña Francisca. Véase la nota 58 del acto I.   [7] *sonata*: composición musical. [8] *barberillo*: el oficio de barbero llevaba emparejada en la época la habilidad de tocar la guitarra, de ahí que se identifique al músico anónimo con un representante de esta profesión.

no sea de palabra, es decir, utilizando para ello la expresión o el gesto, lo mismo que haría Rita, por ejemplo, para mostrar al espectador la chochez de doña Irene.

DON DIEGO

No; no hay barbero que sepa hacer eso, por muy bien que afeite.

SIMÓN

¿Quiere usted que nos asomemos un poco, a ver?...

DON DIEGO

No, dejarlos... ¡Pobre gente! ¡Quién sabe la importancia que darán ellos a la tal música!... No gusto yo de incomodar a nadie.

(Salen de su cuarto doña Francisca y Rita, encaminándose a la ventana. Don Diego y Simón se retiran a un lado, y observan) [34]

SIMÓN

¡Señor!... ¡Eh!... Presto, aquí a un ladito.

DON DIEGO

¿Qué quieres?

SIMÓN

Que han abierto la puerta de esa alcoba, y huele a faldas que trasciende. [9]

---

[9] *trasciende*: se extiende y lo invade todo.

(34) La música exterior, que luego se sabrá forma parte de una ronda que don Carlos da a su amada, reúne en escena a doña Francisca, Rita, don Diego y Simón (sin que se vean, debido a la oscuridad), con lo cual todos los personajes están en el escenario excepto doña Irene, que no se entera de nada. Sin duda es uno de los momentos de mayor confusión de la obra.

DON DIEGO

¿Sí?... Retirémonos.

ESCENA II

DOÑA FRANCISCA, RITA, DON DIEGO, SIMÓN

RITA

Con tiento, [10] señorita.

DOÑA FRANCISCA

Siguiendo la pared, ¿no voy bien?
(Vuelven a puntear el instrumento)

RITA

Sí, señora... Pero vuelven a tocar... Silencio...

DOÑA FRANCISCA

No te muevas... Deja... Sepamos primero si es él.

RITA

¿Pues no ha de ser?... La seña no puede mentir.

DOÑA FRANCISCA

Calla.... Sí, él es... ¡Dios mío! *(Acércase Rita a la ventana, abre la vidriera [11] y da tres palmadas. Cesa la música.)* Ve, responde... Albricias, [12] corazón. Él es.

---

[10] *tiento*: cuidado.   [11] *vidriera*: armazón de cristales que cierra la ventana.   [12] *Albricias*: expresión de alegría.

SIMÓN

¿Ha oído usted?

DON DIEGO

Sí.

SIMÓN

¿Qué querrá decir esto?

DON DIEGO

Calla.

DOÑA FRANCISCA

(Se asoma a la ventana. Rita se queda detrás de ella. Los puntos suspensivos indican las interrupciones más o menos largas.) Yo soy... Y ¿qué había de pensar viendo lo que usted acababa de hacer?... ¿Qué fuga es esta?... Rita *(Apartándose de la ventana, y vuelve después a asomarse)*, amiga, por Dios, ten cuidado, y si oyeres algún rumor, al instante avísame... ¿Para siempre? ¡Triste de mí!... Bien está, tírela usted... Pero yo no acabo de entender... ¡Ay, don Félix! Nunca le he visto a usted tan tímido... *(Tiran desde adentro una carta que cae por la ventana al teatro. Doña Francisca la busca, y no hallándola vuelve a asomarse.)* No, no la' he cogido; pero aquí está sin duda... ¿Y no he de saber yo hasta que llegue el día los motivos que tiene usted para dejarme muriendo?... Sí, yo quiero saberlo de su boca de usted. Su Paquita de usted se lo manda... Y ¿cómo le parece a usted que estará el mío?... No me cabe en el pecho... Diga usted. [35]

(Simón se adelanta un poco, tropieza con la jaula y la deja caer)

(35) Este diálogo, cuyas réplicas se han de sobrentender, busca la participación del lector-espectador y se interrumpe justo en el momento clave, de tal forma que la atención se mantiene y aviva.

RITA

Señorita, vamos de aquí... Presto, que hay gente.

DOÑA FRANCISCA

¡Infeliz de mí!... Guíame.

RITA

Vamos. *(Al retirarse tropieza con Simón. Las dos se van al cuarto de doña Francisca.)*
¡Ay!

DOÑA FRANCISCA

¡Muerta voy!

ESCENA III

DON DIEGO, SIMÓN

DON DIEGO

¿Qué grito fue ese?

SIMÓN

Una de las fantasmas, [13] que al retirarse tropezó conmigo.

---

[13] *fantasmas*: esta palabra tenía género femenino en la época, generalmente en su uso popular; el culto utilizaba el masculino.

~~~~~~

Paradójicamente, don Diego se entera ahora de la verdad de forma fortuita, después de haber preguntado tantas veces a los dos amantes.

DON DIEGO

Acércate a esa ventana, y mira si hallas en el suelo un papel... ¡Buenos estamos!

SIMÓN

(Tentando por el suelo, cerca de la ventana.) No encuentro nada, señor.

DON DIEGO

Búscale bien, que por ahí ha de estar.

SIMÓN

¿Le tiraron desde la calle?

DON DIEGO

Sí... ¿Qué amante es este?... ¡Y dieciséis años y criada en un convento! Acabó ya toda mi ilusión.

SIMÓN

Aquí está. *(Halla la carta, y se la da a don Diego.)*

DON DIEGO

Vete abajo, y enciende una luz... En la caballeriza o en la cocina... Por ahí habrá algún farol... Y vuelve con ella al instante.

(Vase Simón por la puerta del foro)

ESCENA IV

DON DIEGO

DON DIEGO

¿Y a quién debo culpar? *(Apoyándose en el respaldo de una silla.)* ¿Es ella la delincuente, o su madre, o sus tías, o yo?... ¿Sobre quién..., sobre quién ha de caer esta cólera, que por más que lo procuro no la sé reprimir?... ¡La naturaleza la hizo tan amable a mis ojos!... ¡Qué esperanzas tan halagüeñas concebí! ¡Qué felicidades me prometía!... ¡Celos!... ¿Yo?... ¡En qué edad tengo celos!... Vergüenza es... Pero esta inquietud que yo siento, esta indignación, estos deseos de venganza, ¿de qué provienen? ¿Cómo he de llamarlos? Otra vez parece que... *(Advirtiendo que suena ruido en la puerta del cuarto de doña Francisca, se retira a un extremo del teatro.)* Sí. [36]

~~~~~~

(36) Nuevo monólogo de don Diego, muy dramático, que pregunta por la responsabilidad de lo que acaba de presenciar. Obsérvese que culpa a la familia de la niña o a él mismo, nunca a la joven, víctima inocente de una educación represora. Su sentimiento oscila entre los celos y la indignación, y ese amor contrariado y sus esperanzas frustradas abren la puerta de la melancolía y el desengaño; pero, por otra parte, también le hacen comprender lo ilógico de su pretensión. Su intervención contrasta con la siguiente de Rita, toda ella popular y desenfadada, aunque denota cierta preocupación también.

ESCENA V

RITA, DON DIEGO, SIMÓN

RITA

Ya se han ido... *(Observa, escucha, asómase después a la ventana y busca la carta por el suelo.)* ¡Válgame Dios!...El papel estará muy bien escrito, pero el señor don Félix es un grandísimo picarón... ¡Pobrecita de mi alma!... Se muere sin remedio... Nada, ni perros parecen por la calle... ¡Ojalá no los hubiéramos conocido! ¿Y este maldito papel?... Pues buena la hiciéramos si no pareciese... ¿Qué dirá?... Mentiras, mentiras y todo mentira.

SIMÓN

Ya tenemos luz.
(Sale con luz. Rita se sorprende)

RITA

¡Perdida soy!

DON DIEGO

(Acercándose.) ¡Rita! ¿Pues tú aquí?

RITA

Sí, señor; porque...

DON DIEGO

¿Qué buscas a estas horas?

RITA

Buscaba... Yo le diré a usted... Porque oímos un ruido tan grande...

SIMÓN

¿Sí, eh?

RITA

Cierto... Un ruido y... y mire usted *(Alza la jaula que está en el suelo)*: era la jaula del tordo... Pues la jaula era, no tiene duda... ¡Válgate Dios! ¿Si se habrá muerto?... No, vivo está, vaya... Algún gato habrá sido. Preciso. [14] [(37)]

SIMÓN

Sí, algún gato. [15]

RITA

¡Pobre animal! ¡Y qué asustadillo se conoce que está todavía!

SIMÓN

Y con mucha razón... ¿No te parece, si le hubiera pillado el gato?...

RITA

Se le hubiera comido.
(Cuelga la jaula de un clavo que habrá en la pared)

SIMÓN

Y sin pebre... [16] Ni plumas hubiera dejado.

---

[14] *Preciso*: seguro. [15] Nótese la ironía, el término *gato* encubre a don Diego o a la autoridad en general; por otra parte, el tordo enjaulado ocupa el lugar de Paquita. [16] *pebre*: cierta salsa que se hace con vinagre y ajo, entre otros ingredientes.

(37) Vuelve el motivo del tordo. Véase (19).

DON DIEGO

Tráeme esa luz.

RITA

¡Ah! Deje usted, encenderemos esta *(Enciende la vela que está sobre la mesa)* que ya lo que no se ha dormido...

DON DIEGO

Y doña Paquita, ¿duerme?

RITA

Sí, señor.

SIMÓN

Pues mucho es que con el ruido del tordo...

DON DIEGO

Vamos.
(Se entra en su cuarto. Simón va con él, llevándose una de las luces)

ESCENA VI

DOÑA FRANCISCA, RITA

DOÑA FRANCISCA

¿Ha parecido el papel?

RITA

No, señora.

DOÑA FRANCISCA

¿Y estaban aquí los dos cuando tú saliste?

RITA

Yo no lo sé. Lo cierto es que el criado sacó una luz, y me hallé de repente, como por máquina, [17] entre él y su amo, sin poder escapar ni saber qué disculpa darles. *(Coge la luz y vuelve a buscar la carta, cerca de la ventana.)*

DOÑA FRANCISCA

Ellos eran, sin duda... Aquí estarían cuando yo hablé desde la ventana... ¿Y ese papel?

RITA

Yo no lo encuentro, señorita.

DOÑA FRANCISCA

Le tendrán ellos, no te canses... Si es lo único que faltaba a mi desdicha... No le busques. Ellos le tienen.

RITA

A lo menos por aquí...

DOÑA FRANCISCA

¡Yo estoy loca! *(Siéntase.)*

RITA

Sin haberse explicado este hombre, ni decir siquiera...

---

[17] *por máquina*: por encantamiento. Alude a la tramoya del teatro, capaz de producir efectos escénicos como la aparición rápida de personajes.

DOÑA FRANCISCA

Cuando iba a hacerlo, me avisaste, y fue preciso retirarnos... Pero, ¿sabes tú con qué temor me habló, qué agitación mostraba? Me dijo que en aquella carta vería yo los motivos justos que le precisaban a volverse; que la había escrito para dejársela a persona fiel que la pusiera en mis manos, suponiendo que el verme sería imposible. Todo engaños, Rita, de un hombre aleve que prometió lo que no pensaba cumplir...Vino, halló un competidor, y diría: Pues yo ¿para qué he de molestar a nadie ni hacerme ahora defensor de una mujer?... ¡Hay tantas mujeres!... Cásenla... Yo nada pierdo... Primero es mi tranquilidad que la vida de esa infeliz... ¡Dios mío, perdón!... ¡Perdón de haberle querido tanto!

RITA

¡Ay, señorita! *(Mirando hacia el cuarto de don Diego.)* Que parece que salen ya.

DOÑA FRANCISCA

No importa, déjame.

RITA

Pero si don Diego la ve a usted de esa manera...

DOÑA FRANCISCA

Si todo se ha perdido ya, ¿qué puedo temer?... ¿Y piensas tú que tengo alientos [18] para levantarme?... Que vengan, nada importa.

---

[18] *alientos*: valor.

ESCENA VII

DON DIEGO, SIMÓN, DOÑA FRANCISCA, RITA

SIMÓN
Voy enterado, no es menester más.

DON DIEGO
Mira, y haz que ensillen inmediatamente al Moro, [19] mientras tú vas allá. Si han salido, vuelves, montas a caballo y en una buena carrera que des, los alcanzas... Los dos aquí, ¿eh?... Conque, vete, no se pierda tiempo.

(Después de hablar los dos, junto al cuarto de don Diego, se va Simón por la puerta del foro.)

SIMÓN
Voy allá.

DON DIEGO
Mucho se madruga, doña Paquita.

DOÑA FRANCISCA
Sí, señor.

DON DIEGO
¿Ha llamado ya doña Irene?

---

[19] *Moro*: nombre que solía darse al caballo de color negro con alguna mancha blanca.

DOÑA FRANCISCA

No, señor... Mejor es que vayas allá, por si ha despertado y se quiere vestir.

(Rita se va al cuarto de doña Irene.)

ESCENA VIII

DON DIEGO, DOÑA FRANCISCA

DON DIEGO

¿Usted no habrá dormido bien esta noche?

DOÑA FRANCISCA

No, señor. ¿Y usted?

DON DIEGO

Tampoco.

DOÑA FRANCISCA

Ha hecho demasiado calor.

DON DIEGO

¿Está usted desazonada?

DOÑA FRANCISCA

Alguna cosa.

DON DIEGO

¿Qué siente usted?
(Siéntase junto a doña Francisca.)

DOÑA FRANCISCA

No es nada... Así un poco de... Nada..., no tengo nada.

DON DIEGO

Algo será, porque la veo a usted muy abatida, llorosa, inquieta... ¿Qué tiene usted, Paquita? ¿No sabe usted que la quiero tanto?

DOÑA FRANCISCA

Sí, señor.

DON DIEGO

Pues ¿por qué no hace usted más confianza de mí? ¿Piensa usted que no tendré yo mucho gusto en hallar ocasiones de complacerla?

DOÑA FRANCISCA

Ya lo sé.

DON DIEGO

¿Pues cómo, sabiendo que tiene usted un amigo, no desahoga con él su corazón?

DOÑA FRANCISCA

Porque eso mismo me obliga a callar.

DON DIEGO

Eso quiere decir que tal vez soy yo la causa de su pesadumbre de usted.

DOÑA FRANCISCA

No, señor; usted en nada me ha ofendido... No es de usted de quien yo me debo quejar.

DON DIEGO

Pues ¿de quién, hija mía?... Venga usted acá... *(Acércase más.)* Hablemos siquiera una vez sin rodeos ni disimulación... Dígame usted: ¿no es cierto que usted mira con algo de repugnancia este casamiento que se la propone? ¿Cuánto va que si la dejasen a usted entera libertad para la elección no se casaría conmigo?

DOÑA FRANCISCA

Ni con otro.

DON DIEGO

¿Será posible que usted no conozca otro más amable que yo, que la quiera bien, y que la corresponda como usted merece?

DOÑA FRANCISCA

No, señor; no, señor.

DON DIEGO

Mírelo usted bien.

DOÑA FRANCISCA

¿No le digo a usted que no?

DON DIEGO

¿Y he de creer, por dicha, que conserve usted tal inclinación al retiro en que se ha criado, que prefiera la austeridad del convento a una vida más...?

DOÑA FRANCISCA

Tampoco; no señor... Nunca he pensado así.

DON DIEGO

No tengo empeño de saber más... Pero de todo lo que acabo de oír resulta una gravísima contradicción. Usted no se halla inclinada al estado religioso, según parece. Usted me asegura que no tiene queja ninguna de mí, que está persuadida de lo mucho que la estimo, que no piensa casarse con otro, ni debo recelar que nadie me dispute su mano... Pues ¿qué llanto es ese? ¿De dónde nace esa tristeza profunda, que en tan poco tiempo ha alterado su semblante de usted, en términos que apenas le reconozco? ¿Son estas las señales de quererme exclusivamente a mí, de casarse gustosa conmigo dentro de pocos días? ¿Se anuncian así la alegría y el amor?

(Vase iluminando lentamente la escena, suponiendo que viene la luz del día.) [38]

DOÑA FRANCISCA

Y ¿qué motivos le he dado a usted para tales desconfianzas?

DON DIEGO

¿Pues qué? Si yo prescindo de estas consideraciones, si apresuro las diligencias de nuestra unión, si su madre de usted sigue aprobándola y llega el caso de...

(**38**) En la acotación se anuncia explícitamente la llegada del día y, con él, el esclarecimiento de los hechos y la resolución del enredo. La luz origina también la aparición de la sinceridad. Repárese en cómo esta larga escena, una de las más importantes de la comedia, marca el paso de la agitación a la tranquilidad, de la acción a la reflexión y al diálogo. Y precisamente es ahora cuando se ha acabado el nudo y se empieza a caminar hacia el desenlace.

DOÑA FRANCISCA

Haré lo que mi madre me manda, y me casaré con usted.

DON DIEGO

¿Y después, Paquita?

DOÑA FRANCISCA

Después..., y mientras me dure la vida, seré mujer de bien.

DON DIEGO

Eso no lo puedo yo dudar... Pero si usted me considera como el que ha de ser hasta la muerte su compañero y su amigo, dígame usted: estos títulos ¿no me dan algún derecho para merecer de usted mayor confianza? ¿No he de lograr que usted me diga la causa de su dolor? Y no para satisfacer una impertinente curiosidad, sino para emplearme todo en su consuelo, en mejorar su suerte, en hacerla dichosa, si mi conato [20] y mis diligencias pudiesen tanto.

DOÑA FRANCISCA

¡Dichas para mí!... Ya se acabaron.

DON DIEGO

¿Por qué?

DOÑA FRANCISCA

Nunca diré por qué.

DON DIEGO

Pero ¡qué obstinado, qué imprudente silencio!... Cuando usted misma debe presumir que no estoy ignorante de lo que hay.

---

[20] *conato*: esfuerzo.

DOÑA FRANCISCA

Si usted lo ignora, señor don Diego, por Dios no finja que lo sabe; y si en efecto lo sabe usted, no me lo pregunte.

DON DIEGO

Bien está. Una vez que no hay nada que decir, que esa aflicción y esas lágrimas son voluntarias, hoy llegaremos a Madrid, y dentro de ocho días será usted mi mujer.

DOÑA FRANCISCA

Y daré gusto a mi madre.

DON DIEGO

Y vivirá usted infeliz.

DOÑA FRANCISCA

Ya lo sé.

DON DIEGO

Ve aquí los frutos de la educación. Esto es lo que se llama criar bien a una niña: enseñarla a que desmienta y oculte las pasiones más inocentes con una pérfida disimulación. Las juzgan honestas luego que las ven instruidas en el arte de callar y mentir. Se obstinan en que el temperamento, la edad ni el genio no han de tener influencia alguna en sus inclinaciones, o en que su voluntad ha de torcerse al capricho de quien las gobierna. Todo se las permite, menos la sinceridad. Con tal que no digan lo que sienten, con tal que finjan aborrecer lo que más desean, con tal que se presten a pronunciar, cuando se lo manden, un sí perjuro, [21] sacrílego, origen de tantos escándalos, [22] ya están bien

---

[21] *perjuro*: jurado en falso. [22] *escándalos:* no solo juzga escandaloso Moratín el matrimonio desigual, sino también el hecho de que originara una curiosa

criadas, y se llama excelente educación la que inspira en ellas el temor, la astucia y el silencio de un esclavo. [39]

DOÑA FRANCISCA

Es verdad... Todo eso es cierto... Eso exigen de nosotras, eso aprendemos en la escuela [23] que se nos da... Pero el motivo de mi aflicción es mucho más grande.

DON DIEGO

Sea cual fuere, hija mía, es menester que usted se anime... Si la ve a usted su madre de esa manera, ¿qué ha de decir?... Mire usted que ya parece que se ha levantado.

DOÑA FRANCISCA

¡Dios mío!

DON DIEGO

Sí, Paquita; conviene mucho que usted vuelva un poco sobre sí... No abandonarse [24] tanto... Confianza en Dios... Vamos, que no siempre nuestras desgracias son tan grandes como la imaginación las pinta... ¡Mire usted qué desorden

---

costumbre social de la época: el *cortejo* o galanteo amoroso que mantenían las mujeres casadas con el consentimiento de su marido.   [23] *escuela*: educación. [24] *abandonarse*: dejarse dominar por la pasión.

(39) Obsérvese la sinceridad y la fuerza de este diálogo. He aquí el núcleo temático de la obra: el matrimonio forzado es el fruto de la mala educación, que enseña a los jóvenes a fingir y ocultar hipócritamente sus sentimientos. Moratín critica relativamente y avisa a su sociedad, porque ve en ello el origen de escandalosos comportamientos sociales como el «cortejo» o adulterio galante consentido por el esposo. Estás ideas recuerdan las de Rousseau cuando escribe que la sociedad corrompe al hombre.

este! ¡Qué agitación! ¡Qué lágrimas! Vaya, ¿me da usted palabra de presentarse así..., con cierta serenidad y...? ¿Eh?

DOÑA FRANCISCA

Y usted, señor... Bien sabe usted el genio de mi madre. Si usted no me defiende, ¿a quién he de volver los ojos? ¿Quién tendrá compasión de esta desdichada?

DON DIEGO

Su buen amigo de usted... Yo... ¿Cómo es posible que yo la abandonase..., ¡criatura!..., en la situación dolorosa en que la veo? *(Asiéndola de las manos.)*

DOÑA FRANCISCA

¿De veras?

DON DIEGO

Mal conoce usted mi corazón.

DOÑA FRANCISCA

Bien le conozco.
(Quiere arrodillarse; don Diego se lo estorba, y ambos se lavantan.)

DON DIEGO

¿Qué hace usted, niña?

DOÑA FRANCISCA

Yo no sé... ¡Qué poco merece toda esa bondad una mujer tan ingrata para con usted!... No, ingrata no; infeliz... ¡Ay, qué infeliz soy, señor don Diego!

DON DIEGO

Yo bien sé que usted agradece como puede el amor que la tengo... Lo demás todo ha sido..., ¿qué sé yo?..., una equivocación mía, y no otra cosa... Pero usted, ¡inocente!, usted no ha tenido la culpa.

DOÑA FRANCISCA

Vamos... ¿No viene usted?

DON DIEGO

Ahora no, Paquita. Dentro de un rato iré por allá.

DOÑA FRANCISCA

Vaya usted presto.

(Encaminándose al cuarto de doña Irene, vuelve y se despide de don Diego besándole las manos.)

DON DIEGO

Sí, presto iré.

ESCENA IX

SIMÓN, DON DIEGO

SIMÓN

Ahí están, señor.

DON DIEGO

¿Qué dices?

SIMÓN

Cuando yo salía de la puerta, los vi a lo lejos, que iban ya de camino. Empecé a dar voces y hacer señas con el pañuelo; se detuvieron, y apenas llegué y le dije al señorito lo que usted mandaba, volvió las riendas, y está abajo. Le encargué que no subiera hasta que le avisara yo, por si acaso había gente aquí, y usted no quería que le viesen.

DON DIEGO

¿Y qué dijo cuando le diste el recado?

SIMÓN

Ni una sola palabra... Muerto viene... Ya digo, ni una sola palabra... A mí me ha dado compasión el verle así tan...

DON DIEGO

No me empieces ya a interceder por él.

SIMÓN

¿Yo, señor?

DON DIEGO

Sí, que no te entiendo yo... ¡Compasión!... Es un pícaro.

SIMÓN

Como yo no sé lo que ha hecho...

DON DIEGO

Es un bribón, que me ha de quitar la vida... Ya te he dicho que no quiero intercesores.

SIMÓN

Bien está, señor.
(*Vase por la puerta del foro. Don Diego se sienta, manifestando inquietud y enojo.*)

DON DIEGO

Dile que suba.

ESCENA X

DON CARLOS, DON DIEGO

DON DIEGO

Venga usted acá, señorito; venga usted... ¿En dónde has estado desde que no nos vemos?

DON CARLOS

En el mesón de afuera.

DON DIEGO

¿Y no has salido de allí en toda la noche, eh?

DON CARLOS

Sí, señor; entré en la ciudad y...

DON DIEGO

¿A qué?... Siéntese usted.

DON CARLOS

Tenía precisión de hablar con un sujeto... *(Siéntase.)*

DON DIEGO

¡Precisión!

DON CARLOS

Sí, señor... Le debo muchas atenciones, y no era posible volverme a Zaragoza sin estar primero con él.

DON DIEGO

Ya. En habiendo tantas obligaciones de por medio... Pero venirle a ver a las tres de la mañana, me parece mucho desacuerdo... [25] ¿Por qué no le escribiste un papel?... Mira, aquí he de tener... Con este papel que le hubieras enviado en mejor ocasión, no había necesidad de hacerle trasnochar, ni molestar a nadie.

(Dándole el papel que tiraron a la ventana. Don Carlos, luego que le reconoce, se le vuelve y se levanta en ademán de irse.)

DON CARLOS

Pues si todo lo sabe usted, ¿para qué me llama? ¿Por qué no me permite seguir mi camino, y se evitaría una contestación de la cual ni usted ni yo quedaremos contentos?

DON DIEGO

Quiere saber su tío de usted lo que hay en esto, y quiere que usted se lo diga.

DON CARLOS

¿Para qué saber más?

DON DIEGO

Porque yo lo quiero y lo mando. ¡Oiga!

DON CARLOS

Bien está.

DON DIEGO

Siéntate ahí... *(Siéntase don Carlos.)* ¿En dónde has conocido a esta niña?... ¿Qué amor es este? ¿Qué circunstancias han ocurrido?... ¿Qué obligaciones [26] hay entre los dos? ¿Dónde, cuándo la viste?

---

[25] *desacuerdo*: desacierto.   [26] *obligaciones*: vínculos.

DON CARLOS

Volviéndome a Zaragoza el año pasado, llegué a Guadalajara sin ánimo de detenerme; pero el intendente, en cuya casa de campo nos apeamos, se empeñó en que había de quedarme allí todo aquel día, por ser cumpleaños de su parienta,[27] prometiéndome que al siguiente me dejaría proseguir mi viaje. Entre las gentes convidadas hallé a doña Paquita, a quien la señora había sacado aquel día del convento para que se esparciese un poco... Yo no sé qué vi en ella, que excitó en mí una inquietud, un deseo constante, irresistible, de mirarla, de oírla, de hallarme a su lado, de hablar con ella, de hacerme agradable a sus ojos... El intendente dijo entre otras cosas..., burlándose..., que yo era muy enamorado,[28] y le ocurrió fingir que me llamaba don Félix de Toledo.[29] Yo sostuve esa ficción, porque desde luego concebí la idea de permanecer algún tiempo en aquella ciudad, evitando que llegase a noticia de usted... Observé que doña Paquita me trató con un agrado particular, y cuando por la noche nos separamos, yo quedé lleno de vanidad y de esperanzas, viéndome preferido a todos los concurrentes de aquel día, que fueron muchos. En fin... Pero no quisiera ofender a usted refiriéndole...

DON DIEGO

Prosigue.

DON CARLOS

Supe que era hija de una señora de Madrid, viuda y pobre, pero de gente muy honrada... Fue necesario fiar de mi amigo los proyectos de amor que me obligaban a

---

[27] *parienta*: esposa. Subsiste hoy ese uso en el habla popular.   [28] *enamorado*: enamoradizo.   [29] *Don Félix de Toledo*: es el nombre de los galanes de algunas comedias de Calderón.

quedarme en su compañía; y él, sin aplaudirlos ni desaprobarlos, halló disculpas, las más ingeniosas, para que ninguno de su familia extrañara mi detención. Como su casa de campo está inmediata a la ciudad, fácilmente iba y venía de noche... Logré que doña Paquita leyese algunas cartas mías; y con las pocas respuestas que de ella tuve, acabé de precipitarme en una pasión que mientras viva me hará infeliz.

DON DIEGO

Vaya... Vamos, sigue adelante.

DON CARLOS

Mi asistente (que, como usted sabe, es hombre de travesura y conoce el mundo), con mil artificios que a cada paso le ocurrían, facilitó los muchos estorbos que al principio hallábamos... La seña era dar tres palmadas, a las cuales respondían con otras tres desde una ventanilla que daba al corral de las monjas. Hablábamos todas las noches, muy a deshora, con el recato y las precauciones que ya se dejan entender... Siempre fui para ella don Félix de Toledo, oficial de un regimiento, estimado de mis jefes y hombre de honor... Nunca la dije más, ni la hablé de mis parientes, ni de mis esperanzas, ni la di a entender que casándose conmigo podría aspirar a mejor fortuna; porque ni me convenía nombrarle a usted, ni quise exponerla a que las miras [30] de interés, y no el amor, la inclinasen a favorecerme. De cada vez la hallé más fina, más hermosa, más digna de ser adorada... Cerca de tres meses me detuve allí; pero al fin era necesario separarnos, y una noche funesta me despedí, la dejé rendida a un desmayo mortal, y me fui, ciego de amor, adonde mi obligación me llamaba... Sus cartas consolaron

---

[30] *miras*: reparos.

por algún tiempo mi ausencia triste, y en una, que recibí pocos días ha, me dijo como su madre trataba de casarla, que primero perdería la vida que dar su mano a otro que a mí; me acordaba [31] mis juramentos, me exhortaba a cumplirlos... Monté a caballo, corrí precipitado el camino, llegué a Guadalajara, no la encontré, vine aquí... Lo demás bien lo sabe usted, no hay para qué decírselo. [40]

DON DIEGO

¿Y qué proyectos eran los tuyos en esta venida?

DON CARLOS

Consolarla, jurarla de nuevo un eterno amor, pasar a Madrid, verle a usted, echarme a sus pies, referirle todo lo ocurrido, y pedirle, no riquezas, ni herencias, ni protecciones, ni... eso no... Sólo su consentimiento y su bendición para verificar un enlace tan suspirado, en que ella y yo fundábamos toda nuestra felicidad.

DON DIEGO

Pues ya ves, Carlos, que es tiempo de pensar muy de otra manera.

DON CARLOS

Sí, señor.

---

[31] *acordaba*: recordaba.

(**40**) Escena paralela a la que don Diego ha mantenido antes con doña Paquita; ahora es don Carlos el que se sincera con su tío y narra (la narración refuerza la unidad de lugar, al contar acciones que suceden en otro lugar y otro tiempo) los últimos detalles de la historia, que son los que han dado origen a la situación actual. Es ahora cuando el lector-espectador tiene el conocimiento completo de los hechos.

DON DIEGO

Si tú la quieres, yo la quiero también. Su madre y toda su familia aplauden este casamiento. Ella..., y sean las que fueren las promesas que a ti te hizo..., ella misma, no ha media hora, me ha dicho que está pronta a obedecer a su madre y darme la mano, así que...

DON CARLOS

Pero no el corazón. *(Levántase.)* [41]

DON DIEGO

¿Qué dices?

DON CARLOS

No, eso no... Sería ofenderla... Usted celebrará sus bodas cuando guste; ella se portará siempre como conviene a su honestidad y a su virtud; pero yo he sido el primero, el único objeto de su cariño, lo soy y lo seré... Usted se llamará su

---

(41) Don Diego parece querer prolongar la confusión, tal vez para probar la verdad del sentimiento de su sobrino. Este llega a rebelarse verbalmente (cuando dice: «pero no el corazón») no tanto por el posible carácter romántico del joven, cuanto porque la autoridad tiene también un límite que en ese momento acaba de rebasar, y con ello provoca la reacción del subordinado (según opinión de Andioc). Mucho se ha escrito sobre el romanticismo o no de la comedia, pero obsérvese que aquí la rebelión es solo de palabra, ya que el protagonista está dispuesto a ceder a su amada por respeto a esa autoridad. Hay que reparar en la manera de describir la nostálgica separación de los amantes (con términos como «noche funesta», «la dejé rendida», «desmayo mortal», «ciego de amor», «ausencia triste», «perdería la vida», etc.), que permite considerar el hecho de que la literatura neoclásica cuente también con un componente lírico-sentimental que constituiría un precedente del movimiento romántico.

marido; pero si alguna o muchas veces la sorprende, y ve sus ojos hermosos inundados en lágrimas, por mí las vierte... No la pregunte usted jamás el motivo de sus melancolías... Yo, yo seré la causa... Los suspiros, que en vano procurará reprimir, serán finezas dirigidas a un amigo ausente.

DON DIEGO

¿Qué temeridad es esta?
(Se levanta con mucho enojo, encaminándose hacia don Carlos, que se va retirando.)

DON CARLOS

Ya se lo dije a usted... Era imposible que yo hablase una palabra sin ofenderle... Pero acabemos esta odiosa conversación... Viva usted feliz, y no me aborrezca, que yo en nada le he querido disgustar... La prueba mayor que yo puedo darle de mi obediencia y mi respeto es la de salir de aquí inmediatamente... Pero no se me niegue a lo menos el consuelo de saber que usted me perdona.

DON DIEGO

¿Conque, en efecto, te vas?

DON CARLOS

Al instante, señor... Y esta ausencia será bien larga.

DON DIEGO

¿Por qué?

DON CARLOS

Porque no me conviene verla en mi vida... Si las voces que corren de una próxima guerra se llegaran a verificar... entonces...

DON DIEGO

¿Qué quieres decir?
(Asiendo de un brazo a don Carlos le hace venir más adelante.)

DON CARLOS

Nada... Que apetezco la guerra porque soy soldado.

DON DIEGO

¡Carlos!... ¡Qué horror!... ¿Y tienes corazón para decírmelo?

DON CARLOS

Alguien viene... *(Mirando con inquietud hacia el cuarto de doña Irene, se desprende de don Diego y hace que se va por la puerta del foro. Don Diego va detrás de él y quiere detenerle.)* Tal vez será ella... Quede usted con Dios.

DON DIEGO

¿Adónde vas?... No, señor; no has de irte.

DON CARLOS

Es preciso... Yo no he de verla... Una sola mirada nuestra pudiera causarle a usted inquietudes crueles.

DON DIEGO

Ya he dicho que no ha de ser... Entra en ese cuarto.

DON CARLOS

Pero si...

DON DIEGO

Haz lo que te mando.
(Éntrase don Carlos en el cuarto de don Diego.)

ESCENA XI

DOÑA IRENE, DON DIEGO

DOÑA IRENE

Conque, señor don Diego, ¿es ya la de vámonos?... [32]
Buenos días... *(Apaga la luz que está sobre la mesa.)* ¿Reza
usted?

DON DIEGO

(Paseándose con inquietud.) Sí, para rezar estoy ahora.

DOÑA IRENE

Si usted quiere, ya pueden ir disponiendo el chocolate, y
que avisen al mayoral para que enganchen luego que... Pero
¿qué tiene usted, señor?... ¿Hay alguna novedad?

DON DIEGO

Sí; no deja de haber novedades.

DOÑA IRENE

Pues ¿qué?... Dígalo usted, por Dios... ¡Vaya, vaya!...No
sabe usted lo asustada que estoy... Cualquiera cosa, así,
repentina, me remueve toda y me... Desde el último mal
parto que tuve, quedé tan sumamente delicada de los
nervios... Y va ya para diez y nueve años, si no son veinte;
pero desde entonces, ya digo, cualquiera friolera [33] me
trastorna... Ni los baños, ni caldos de culebra, [34] ni la

---

[32] *¿es ya la de vámonos?*: ¿es hora de irnos?   [33] *friolera*: cosa insignificante.   [34] *caldos de culebra*: unos preparados con virtudes medicinales, según la
creencia de la época.

conserva de tamarindos; [35] nada me ha servido; de manera que...[42]

DON DIEGO

Vamos, ahora no hablemos de malos partos ni de conservas... Hay otra cosa más importante de que tratar... ¿Qué hacen esas muchachas?

DOÑA IRENE

Están recogiendo la ropa y haciendo el cofre, para que todo esté a la vela [36] y no haya detención.

DON DIEGO

Muy bien. Siéntese usted... Y no hay que asustarse ni alborotarse *(Siéntanse los dos)* por nada de lo que yo diga; y cuenta, no nos abandone el juicio cuando más le necesitamos... Su hija de usted está enamorada...

DOÑA IRENE

¿Pues no lo he dicho ya mil veces? Sí señor que lo está; y bastaba que yo lo dijese para que...

DON DIEGO

¡Este vicio maldito de interrumpir a cada paso! Déjeme usted hablar.

---

[35] *tamarindos*: legumbre utilizada como laxante.   [36] *a la vela*: listo, preparado para partir.

(42) Otra vez la distensión y el efecto cómico, conseguido ahora por el contraste entre el asunto grave y el tono dramático de don Diego y la réplica ridícula de doña Irene, que habla aquí de los caldos de culebra, y más adelante del genio de su difunto. Todo, incluso el llanto fácil, provoca la risa del público, y Moratín consigue así dar variedad y amenidad a la obra.

DOÑA IRENE

Bien, vamos, hable usted.

DON DIEGO

Está enamorada; pero no está enamorada de mí.

DOÑA IRENE

¿Qué dice usted?

DON DIEGO

Lo que usted oye.

DOÑA IRENE

Pero ¿quién le ha contado a usted esos disparates?

DON DIEGO

Nadie. Yo lo sé, yo lo he visto, nadie me lo ha contado, y cuando se lo digo a usted, bien seguro estoy de que es verdad... Vaya, ¿qué llanto es ese?

DOÑA IRENE

¡Pobre de mí! *(Llora.)*

DON DIEGO

¿A qué viene eso?

DOÑA IRENE

¡Porque me ven sola y sin medios, y porque soy una pobre viuda, parece que todos me desprecian y se conjuran contra mí!

DON DIEGO

Señora doña Irene...

DOÑA IRENE

Al cabo de mis años y de mis achaques, verme tratada de esta manera, como un estropajo, como una puerca cenicienta, vamos al decir... ¿Quién lo creyera de usted?... ¡Válgame Dios!... ¡Si vivieran mis tres difuntos!... Con el último difunto que me viviera, que tenía un genio como una serpiente...

DON DIEGO

Mire usted, señora, que se me acaba ya la paciencia.

DOÑA IRENE

Que lo mismo era replicarle que se ponía hecho una furia del infierno, [37] y un día del Corpus, yo no sé por qué friolera, hartó de mojicones [38] a un comisario ordenador, [39] y si no hubiera sido por dos padres del Carmen, que se pusieron de por medio, le estrella contra un poste en los portales de Santa Cruz. [40]

DON DIEGO

Pero ¿es posible que no ha de atender usted a lo que voy a decirla?

DOÑA IRENE

¡Ay! No, señor; que bien lo sé, que no tengo pelo de tonta, no, señor... Usted ya no quiere a la niña, y busca pretextos para zafarse [41] de la obligación en que está... ¡Hija de mi alma y de mi corazón!

---

[37] *furia del infierno*: según la mitología, las furias son las divinidades del infierno que personifican los remordimientos. Aquí se utiliza, por extensión, para designar a una persona muy violenta. [38] *mojicones*: puñetazos. [39] *comisario ordenador*: persona que distribuía las órdenes a otros comisarios en tiempo de guerra. [40] *Santa Cruz*: plaza próxima a la Plaza Mayor de Madrid. [41] *zafarse*: liberarse.

DON DIEGO

Señora doña Irene, hágame usted el gusto de oírme, de no replicarme, de no decir despropósitos, y luego que usted sepa lo que hay, llore y gima, y grite y diga cuanto quiera... Pero, entretanto, no me apure usted el sufrimiento, [42] por amor de Dios.

DOÑA IRENE

Diga usted lo que le dé la gana.

DON DIEGO

Que no volvamos otra vez a llorar y a...

DOÑA IRENE

No, señor; ya no lloro. *(Enjugándose las lágrimas con un pañuelo.)*

DON DIEGO

Pues hace ya cosa de un año, poco más o menos, que doña Paquita tiene otro amante. Se han hablado muchas veces, se han escrito, se han prometido amor, fidelidad, constancia... Y, por último, existe en ambos una pasión tan fina, que las dificultades y la ausencia, lejos de disminuirla, han contribuido eficazmente a hacerla mayor. En este supuesto...

DOÑA IRENE

¿Pero no conoce usted, señor, que todo es un chisme inventado por alguna mala lengua que no nos quiere bien?

DON DIEGO

Volvemos otra vez a lo mismo... No señora; no es un chisme. Repito de nuevo que lo sé.

---

[42] *sufrimiento*: paciencia.

DOÑA IRENE

¿Qué ha de saber usted, señor, ni qué traza tiene eso de verdad? ¡Conque la hija de mis entrañas, encerrada en un convento, ayunando los siete reviernes, [43] acompañada de aquellas santas religiosas! ¡Ella, que no sabe lo que es mundo, que no ha salido todavía del cascarón, como quien dice!... Bien se conoce que no sabe usted el genio que tiene Circuncisión... ¡Pues bonita es ella para haber disimulado a su sobrina el menor desliz!

DON DIEGO

Aquí no se trata de ningún desliz, señora doña Irene; se trata de una inclinación honesta, de la cual hasta ahora no habíamos tenido antecedente alguno. Su hija de usted es una niña muy honrada, y no es capaz de deslizarse... Lo que digo es que la madre Circuncisión, y la Soledad, y la Candelaria, y todas las madres, y usted, y yo el primero, nos hemos equivocado solemnemente. La muchacha se quiere casar con otro, y no conmigo... Hemos llegado tarde; usted ha contado muy de ligero con la voluntad de su hija... Vaya, ¿para qué es cansarnos? Lea usted ese papel, y verá si tengo razón. *(Saca el papel de don Carlos y se le da a doña Irene. Ella, sin leerle, se levanta muy agitada, se acerca a la puerta de su cuarto y llama. Levántase don Diego y procura en vano contenerla.)*

DOÑA IRENE

¡Yo he de volverme loca!... ¡Francisquita!... ¡Virgen del Tremedal!... [44] ¡Rita! ¡Francisca!

---

[43] *los siete reviernes*: los siete viernes que siguen a la Pascua de Resurrección.   [44] *Virgen del Tremedal*: Virgen de cuya historia se publicaron varias ediciones en el siglo XVIII (Andioc). Obsérvese que *tremedal* es un lugar pantanoso donde uno se puede hundir.

DON DIEGO

Pero ¿a qué es llamarlas?

DOÑA IRENE

Sí, señor; que quiero que venga y que se desengañe la pobrecita de quién es usted.

DON DIEGO

Lo echó todo a rodar... Esto le sucede a quien se fía de la prudencia de una mujer. [43]

ESCENA XII

DOÑA FRANCISCA, RITA, DOÑA IRENE, DON DIEGO

RITA

Señora.

DOÑA FRANCISCA

¿Me llamaba usted?

---

(43) Nótese la alusión misógina de don Diego. No es un hecho aislado; en la época el concepto que se tiene de la mujer está en consonancia con esta referencia. El propio Moratín, aunque defienda la libertad de las jóvenes para elegir estado, recalcará en repetidas ocasiones que la mujer debe ocuparse de las tareas domésticas (acto I, esc. 1). Lo demás son «bachillerías», es decir, actos propios de varones, como la pretensión de doña Agustina, en *El café*, de escribir versos de comedia.

DOÑA IRENE

Sí, hija, sí; porque el señor don Diego nos trata de un modo que ya no se puede aguantar. ¿Qué amores tienes, niña? ¿A quién has dado palabra de matrimonio? ¿Qué enredos son estos?... Y tú, picarona... Pues tú también lo has de saber.... Por fuerza lo sabes... ¿Quién ha escrito este papel? ¿Qué dice? *(Presentando el papel abierto a doña Francisca.)*

RITA

(Aparte a doña Francisca.) Su letra es.

DOÑA FRANCISCA

¡Qué maldad!... Señor don Diego, ¿así cumple usted su palabra?

DON DIEGO

Bien sabe Dios que no tengo la culpa... Venga usted aquí. *(Tomando de una mano a doña Francisca, la pone a su lado.)* No hay que temer... Y usted, señora, escuche y calle, y no me ponga en términos de hacer un desatino... [45] Déme usted ese papel... *(Quitándola el papel.)* Paquita, ya se acuerda usted de las tres palmadas de esta noche.

DOÑA FRANCISCA

Mientras viva me acordaré.

DON DIEGO

Pues este es el papel que tiraron a la ventana... No hay que asustarse, ya lo he dicho. *(Lee.)* *Bien mío: si no consigo hablar con usted, haré lo posible para que llegue a sus manos esta*

---

[45] *desatino:* locura.

carta. Apenas me separé de usted, encontré en la posada al que yo llamaba mi enemigo, y al verle no sé cómo no expiré de dolor. Me mandó que saliera inmediatamente de la ciudad, y fue preciso obedecerle. Yo me llamo don Carlos, no don Félix. Don Diego es mi tío. Viva usted dichosa, y olvide para siempre a su infeliz amigo.—Carlos de Urbina. [44]

DOÑA IRENE

¿Conque hay eso?

DOÑA FRANCISCA

¡Triste de mí!

DOÑA IRENE

¿Conque es verdad lo que decía el señor, grandísima picarona? Te has de acordar de mí.

(Se encamina hacia doña Francisca, muy colérica, y en ademán de querer maltratarla. Rita y don Diego lo estorban.)

DOÑA FRANCISCA

¡Madre!... ¡Perdón!

DOÑA IRENE

No, señor; que la he de matar.

---

(44) La carta es otro motivo importante, presente en la mayoría de las obras del autor; su uso proporciona una información o sirve de prueba irrefutable. Su encuentro se puede considerar casual, en este caso, a pesar de que el autor se propone construir una fábula «de carácter» y no «de enredo» (en la que el artificio de la fábula estriba precisamente en la casualidad), pero incluso en la primera se pueden usar ardides como este. Obsérvese el carácter retórico de la carta y el gran patetismo que su lectura proporciona a la escena.

DON DIEGO

¿Qué locura es esta?

DOÑA IRENE

He de matarla.

ESCENA XIII

DON CARLOS, DON DIEGO, DOÑA IRENE, DOÑA FRANCISCA, RITA

(Sale don Carlos del cuarto precipitadamente; coge de un brazo a doña Francisca, se la lleva hacia el fondo del teatro y se pone delante de ella para defenderla. Doña Irene se asusta y se retira.)

DON CARLOS

Eso no... Delante de mí nadie ha de ofenderla.

DOÑA FRANCISCA

¡Carlos!

DON CARLOS

(A don Diego.) Disimule usted mi atrevimiento... He visto que la insultaban y no me he sabido contener.

DOÑA IRENE

¿Qué es lo que me sucede, Dios mío? ¿Quién es usted?... ¿Qué acciones son estas?... ¡Qué escándalo!

DON DIEGO

Aquí no hay escándalos.... Ese es de quien su hija de usted está enamorada... Separarlos y matarlos viene a ser lo mismo... Carlos... No importa.... Abraza a tu mujer.

(Se abrazan don Carlos y doña Francisca, y después se arrodillan a los pies de don Diego.)

DOÑA IRENE

¿Conque su sobrino de usted?

DON DIEGO

Sí, señora; mi sobrino, que con sus palmadas, y su música, y su papel me ha dado la noche más terrible que he tenido en mi vida... ¿Qué es esto, hijos míos; qué es esto?

DOÑA FRANCISCA

¿Conque usted nos perdona y nos hace felices?

DON DIEGO

Sí, prendas de mi alma... Sí.
(Los hace levantar con expresión de ternura.)

DOÑA IRENE

¿Y es posible que usted se determina a hacer un sacrificio?...

DON DIEGO

Yo pude separarlos para siempre y gozar tranquilamente la posesión de esta niña amable, pero mi conciencia no lo sufre... ¡Carlos!... ¡Paquita! ¡Qué dolorosa impresión me deja en el alma el esfuerzo que acabo de hacer!... Porque, al fin, soy hombre miserable y débil.

DON CARLOS

Si nuestro amor *(Besándole las manos)*, si nuestro agradecimiento pueden bastar a consolar a usted en tanta pérdida...

DOÑA IRENE

¡Conque el bueno de don Carlos! Vaya que...

DON DIEGO

Él y su hija de usted estaban locos de amor, mientras usted y las tías fundaban castillos en el aire, y me llenaban la cabeza de ilusiones, que han desaparecido como un sueño... Esto resulta del abuso de autoridad, de la opresión que la juventud padece; estas son las seguridades que dan los padres y los tutores, y esto lo que se debe fiar en el sí de las niñas... Por una casualidad he sabido a tiempo el error en que estaba.... ¡Ay de aquellos que lo saben tarde! [45]

DOÑA IRENE

En fin, Dios los haga buenos, y que por muchos años se gocen... Venga usted acá, señor; venga usted, que quiero abrazarle. *(Abrazando a don Carlos. Doña Francisca se arrodilla y besa la mano a su madre.)* Hija, Francisquita. ¡Vaya! Buena elección has tenido... Cierto que es un mozo muy galán.... Morenillo, pero tiene un mirar de ojos muy hechicero.[46] [46]

RITA

Sí, dígaselo usted, que no lo ha reparado la niña... Señorita, un millón de besos. *(Se besan doña Francisca y Rita.)*

---

[46] *hechicero*: cautivador.

(45) Aquí está presente la moraleja de la obra, que el propio don Diego se encarga de recordar para subrayar el fin didáctico de la misma. Aquí aparece la frase que da título a la obra y le sirve también como lema que figura en la primera página de la misma.

(46) Doña Irene no es una mujer mala, sino ignorante. Su preocupación mayor es que su hija case bien; por eso, cuando se dé cuenta de que don Carlos es sobrino —y heredero— de don Diego, admitirá al militar sin objeciones e incluso llegará a alabar sus características físicas. Moratín no ha exagerado los rasgos negativos, y así consigue unos personajes creíbles, perfectamente verosímiles.

DOÑA FRANCISCA

Pero ¿ves qué alegría tan grande?.... ¡Y tú, como me quieres tanto!... Siempre, siempre serás mi amiga.

DON DIEGO

Paquita hermosa *(Abraza a doña Francisca)*, recibe los primeros abrazos de tu nuevo padre... No temo ya la soledad terrible que amenazaba a mi vejez... Vosotros *(Asiendo de las manos a doña Francisca y a don Carlos)* seréis la delicia de mi corazón; y el primer fruto de vuestro amor..., sí, hijos, aquel..., no hay remedio, aquel es para mí. Y cuando le acaricie en mis brazos, podré decir: a mí me debe su existencia este niño inocente; si sus padres viven, si son felices, yo he sido la causa.

DON CARLOS

¡Bendita sea tanta bondad!

DON DIEGO

Hijos, bendita sea la de Dios. [47]

FIN

~~~~~~

(**47**) Así termina este acto III y la obra toda. El acto está montado en torno a la figura de don Diego, que pasa de ser amante correspondido a burlado, y posteriormente a ser juez y abogado de los jóvenes y de la sociedad en general. Don Diego obliga a expresarse a los demás con sinceridad, de tal forma que el «sueño de la razón» del viejo tío es vencido por la luz y la razón, que es el instrumento escogido por Dios para manifestarse en el mundo y para conseguir la felicidad de los hombres.

Final edificante, con arrodillamientos, lágrimas y perdón, que deja un sabor melancólico por la abnegada renuncia de don Diego, que a costa de sacrificarse personalmente permite la felicidad de la pareja.

Documentos y juicios críticos

1. *Moratín, gran estudioso y teorizador del teatro, obtiene en 1782 un accésit en un concurso convocado por la Real Academia con su obra* Lección poética. Sátira contra los vicios introducidos por los malos poetas en la poesía castellana. *Se trata, como indica el subtítulo, de una crítica de los tres tipos de poesía: lírica, épica y dramática. Moratín, por medio de la ironía, aconseja a Fabio lo que ha de hacer si quiere convertirse en «un buen poeta» descendiente del barroco. En la parte tercera expone los defectos del teatro.*

[LA POESÍA DRAMÁTICA]

Mi patria llora el ejemplar funesto:
Su teatro en errores sepultado,
A la verdad y a la belleza opuesto, [...]

Allí se ven salir confusamente
Damas, emperadores, cardenales,
Y algún bufón pesado e insolente.
Y aunque son a su estado desiguales,
Con todos trata, le celebran todos,
Y se mezcla en asuntos principales.
Allí se ven nuestros abuelos godos,
Sus costumbres, su heroica bizarría,
Desfiguradas de diversos modos.
Todo arrogancia y falsa valentía:

. . .

Todos jaques [1], ninguno caballero,
Como mi patria los miró algún día.
　No es más que un mentecato pendenciero
El gran Cortés, y el hijo de Jimena [2]
Un baladrón [3] de charpas [4] y jifero [5].
　Cinco siglos y más, y una docena
De acciones junta el numen [6] ignorante
Que a tanto delirar se desenfrena.
　Ya veis los muros de Florencia o Gante;
Ya el son del pito los trasforma al punto
En los desiertos que corona Atlante [7].
　Luego aparece amontonado y junto
(Así lo quiere mágico embolismo) [8]
Dublín y Atenas, Menfis y Sagunto. [...]

　Harás que horrendos fabulones lleve
Cada comedia y casos prodigiosos;
Que así el humano corazón se mueve. [...]

　Diversa acción cada jornada sea
Con su galán, su dama, y un criado
Que en dislates [9] insípidos se emplea.
　Echa vanos escrúpulos a un lado,
Llena de anacronismos y mentiras
El suceso que nadie habrá ignorado.

---

[1] *jaques:* valentones.

[2] *el hijo de Jimena:* Bernardo del Carpio, héroe legendario castellano que protagonizó algunos cantares de gesta. Su madre, hermana del rey de León, era amante del conde de Saldaña, del que tuvo a Bernardo. No tiene nada que ver con la esposa del Cid.

[3] *baladrón:* fanfarrón.

[4] *charpas:* colgajos para llevar armas.

[5] *jifero:* cuchillo utilizado para matar reses.

[6] *numen:* inspiración. Se refiere al poeta, por metonimia.

[7] *Atlante:* según la mitología, Atlas o Atlante es un gigante que se rebeló contra Zeus y fue condenado a sostener la bóveda celeste. Se llama Atlas a un conjunto montañoso del norte de África.

[8] *embolismo:* enredo, confusión.

[9] *dislates:* disparates.

Y si a agradar al auditorio aspiras,
Y que sonando alegres risotadas,
Él te celebre cuando tú deliras,
　Del muro arrojen a las estacadas [10]
Moros de paja, si el asalto ordenas,
Y en ellos el gracioso dé lanzadas.
　Si del todo la pluma desenfrenas,
Date a la magia, forja encantamientos,
Y salgan los diablillos a docenas. [...]

　Tus galanes serán todos discretos;
Y la dama, no menos bachillera,
Metáforas derrame y epitetos [11].
　¡Qué gracia verla hablar como si fuera
Un doctor *in utroque*! [12] Ciertamente
Que esto es un pasmo, es una borrachera.
　Ni busques lo moral y lo decente
Para tus dramas, ni tras ello sudes;
Que allí todo se pasa y se consiente.
　Todo se desfigura, no lo dudes:
Allí es heroicidad la altanería,
Y las debilidades son virtudes.

　　L. Fernández de Moratín: *La derrota de los pedantes.*
Lección poética, ed. de John Dowling, Barcelona, Labor,
1973, pp. 117-120.

. *La edición de* El sí de las niñas *que aquí se reproduce es la definitiva; en ella*
Moratín introdujo algunos cambios, unos meramente formales, otros bastante
significativos. He aquí algunos textos que aparecieron en la primera edición
(1805) y fueron suprimidos después por diversos motivos. Utilizamos el
corchete para indicar el texto eliminado o sustituido.

---

　[10] *estacadas:* hileras de estacas usadas en las fortificaciones.

　[11] *epitetos:* nótese la rima e-o de esta palabra, que ha perdido aquí su
acentuación esdrújula; así el verso alcanza las 11 sílabas métricas.

　[12] *in utroque:* expresión latina que significa: «en ambos derechos, civil y
canónico».

DON DIEGO.—Pues, ya ves tú, ella es una pobre...; eso sí. [Porque aquí entre los dos, la buena de doña Irene se ha dado tal prisa a gastar desde que murió su marido que si no fuera por estas benditas religiosas y el canónigo de Castrojeriz, que es también su cuñado, no tendría para poner un puchero a la lumbre... Y muy vanidosa y muy remilgada, y hablando siempre de su parentela y de sus difuntos y sacando unos cuentos allá, que... Pero esto no es del caso...] Yo no he buscado dineros, que dineros tengo; he buscado modestia, recogimiento, virtud.

SIMÓN.—Eso es lo principal... Y, sobre todo, lo que usted tiene ¿para quién ha de ser?

(Acto I, esc. 1)

DOÑA IRENE.—Pues ¿cómo tan tarde?

DON DIEGO.—Apenas salí, tropecé con el [padre guardián de San Diego] y el doctor Padilla, y hasta que me han hartado bien de chocolate y bollos no me han querido soltar... (*Siéntase junto a doña Irene.*) Y a todo esto, ¿cómo va?

(Acto II, esc. 5)

SIMÓN.—Ya empiezan; oigamos.

[DON CARLOS.—(*Canta desde adentro al son del instrumento y en voz baja. Don Diego se adelanta un poco acercándose a la ventana.*)

> *Si duerme y reposa*
> *la bella que adoro,*
> *su paz deliciosa*
> *no turbe mi lloro,*
> *y en sueños corónela*
> *de dichas Amor.*
> *Pero si su mente*
> *vagando delira,*
> *si me llama ausente,*
> *si celosa expira,*
> *diréla mi bárbaro,*
> *mi fiero dolor.*

DON DIEGO.—Buen estilo, pero canta demasiado quedo.

SIMÓN.—¿Quiere usted que nos asomemos un poco a ver este ruiseñor?]

DON DIEGO.—No; dejarlos... ¡Pobre gente! ¡Quién sabe la importancia que darán ellos a la tal música!... *(Sale de su cuarto doña Francisca, y Rita con ella. Las dos se encaminan a la ventana. Don Diego y Simón se retiran a un lado y observan.)* No gusto yo de incomodar a nadie.

(Acto III, esc. 1)

L. Fernández de Moratín: *El sí de las niñas*, ed. de J. María Legido, Madrid, Burdeos, 1987, pp. 43, 72 y 96-97.

El autor compuso algunos textos en los que teorizó sobre su propio arte y sobre la comedia en particular, y que tienen, pues, el valor de una poética personal. Entre ellos cabe destacar su Discurso preliminar a las comedias *y sus* Comentarios a La comedia nueva; *ambos se pueden aplicar a la totalidad de su obra, y a la que aquí se edita en concreto.*

Imitación en diálogo (escrita en prosa o verso) de un suceso ocurrido en un lugar y en pocas horas entre personas particulares, por medio del cual y de la oportuna expresión de afectos y de caracteres, resultan expuestos en ridículo los vicios y errores comunes en la sociedad y recomendadas por consiguiente, la verdad y la virtud.

L. Fernández de Moratín: *Discurso preliminar a las comedias*, en *Obras de don Nicolás y de don Leandro Fernández de Moratín*, Madrid, Biblioteca de Autores Españoles, t. II, 1846, p. 320.

Son muy poderosas las razones que hay para elegir los héroes de la tragedia en épocas y regiones distantes de nosotros, y muy conocida la perfección que añade a tales poemas el practicarlo así, sin que por eso el espectador desconozca el mérito de la semejanza. [...]

En la comedia todo es diferente: acciones domésticas, caracteres comunes, privados intereses, ridiculeces, errores, defectos incómodos en una determinada sociedad; eso pinta, de estos materiales compone sus fábulas. Expone a los ojos del espectador las costumbres populares que hoy existen, no las que pasaron ya; las nacionales, no las extranjeras; y de esta imitación, dispuesta con inteligencia, resultan necesariamente la instrucción y el placer. Pero es muy grande la dificultad de pintar las costumbres del día con la gracia, la semejanza, la delicadeza, el arte y atinada elección que se necesitan para el acierto; y el juez ante quien debe presentarse un remedio de tal especie, como tiene perfecto conocimiento del original, echa de ver inmediatamente los defectos en que ha podido incurrir el artífice. Huyendo de este riguroso examen, han discurrido los malos poetas el único arbitrio que puede sugerir la ignorancia. Hacen a los personajes de sus dramas, irlandeses, rusos, escandinavos, ulanos [1] o valacos [2]; suponen la escena en Schaffhausen, en Hansgeorgenstadt, en Sichartskirchen, en Plaffenhofen o en Schwabenmunchen [3]; pero ¿a quién podrán engañar con este artificio? ¿para qué pueblo escriben? ¿a quién persuadirán que no atreviéndose a imitar los caracteres, usos y preocupaciones de su patria misma, sabrán pintar las extranjeras, que ni ellos ni su auditorio conocen? Y si fuera posible que lo hiciesen bien, cuanto más acertaran en la copia de tales originales, mayor sería su desatino. ¿Quién no ha de reírse viendo erizadas sus fábulas de nombres tan exóticos, de tan áspera construcción, que ni el idioma nuestro los puede admitir sin violencia, ni la lengua sabe pronunciarlos, ni el oído los sufre, acostumbrado, con la frase de Lope, a mayor armonía?

L. Fernández de Moratín: *Comentarios/.../a La comedia nueva* en *La comedia nueva*, ed. de John Dowling, Madrid, Castalia, 1970, pp. 198-199.

---

[1] *ulanos:* soldados de la caballería austriaca o alemana.
[2] *valacos:* pertenecientes a un antiguo principado rumano.
[3] Aunque hay algunos de estos nombres sin identificar (podrían ser pura invención), otros se refieren a lugares alemanes y suizos.

. *Moratín trata en su obra un tema fundamental: el casamiento desigual de una
joven. Este asunto se plantea igualmente en su vida, concretamente en una
persona de su familia, María Fernández de Moratín. La siguiente carta (una
de las muchas que componen su* Epistolario*) sirve al autor para mostrar
explícitamente su opinión sobre el hecho en cuestión, que es el mismo que
aparece en* El sí de las niñas.

(*A María Fernández de Moratín*) [1]

13 de Marzo de 1816.

Mariquita: me has escrito una carta en tales términos, que en
ella misma vienen la pregunta y la respuesta. Te has hecho cargo
de las buenas y malas circunstancias de esa supuesta boda [2], y yo
nada tengo que añadir ni a las unas ni a las otras. Dices q[ue] su
talento es apreciable, que no habrá otro que le iguale, que tiene
todas las buenas prendas q[ue] se pueden desear tocante a las
costumbres, y en todo esto tienes razón. Dices también q[ue] te
lleva 27 años, que es muy zeloso, muy terco, su figura poco
interesante; que ahora es pobre y no lo sabe ganar; que si no sale el
indulto, tendrá q[ue] estarse en su lugar, siempre a expensas de un
hermano, y dentro de diez años, cuando tú estés en lo mejor de tu
juventud, será un carcamal, q[ue] no pueda con las bragas [3]. Cuasi
todo esto es verdad.

Y ¿qué quieres que yo te diga? ¿que rebaje los inconvenientes y
que te pondere felicidades, o q[ue], por el contrario, te lo pinte
todo de color tan feo, q[ue] tire a disuadirte de una resolución, en
la cual tú sola debes decidir? Yo no haré ni uno ni otro, ni
mancharé mi conciencia con una especie de consejos tan delicada,
que muchas veces producen remordimientos a quien los dio. Lo
q[ue] en este caso puede necesitar una mujer es la prudencia de
quien la haga conocer cuáles son las ventajas y los peligros de el
matrimonio q[ue] pretenda hacer; pero si tú conoces por ti misma

---

[1] Prima hermana del autor, a la que llama también Mariquita. Tenía
veintitrés años de edad en esta fecha.

[2] Se casó con José Antonio Conde, que tenía cincuenta años.

[3] *bragas:* calzones anchos.

los peligros y las ventajas del caso presente, ya está hecho todo. Nadie q[ue] tenga un poco de juicio podrá añadir nada de importancia a lo q[ue] tú comprendes; y en ocasiones de tanta duda, en q[ue] vacila con razón el entendimiento, o se toma el partido de no resolver, y desistir enteramente y no volverse a acordar de ello en toda la vida, o si el corazón está inclinado, se sigue lo que dicta la propia voluntad.

¿Tú estás enamorada de él, o no? Si no es más q[ue] estimación la que le profesas por sus buenas prendas, no te cases con él; y la razón es, porque estas buenas prendas siempre serán las mismas; pero los defectos, particularmente los físicos, irán aumentándose necesariamente. Si le tienes amor, no hay nada que replicar. En diciendo una muger: *yo le quiero*, se acabaron los argumentos; si le quieres, cásate con él; porque esto supone q[ue], hecha cargo del bien y del mal q[ue] puede resultar en adelante, te determina el amor a sufrir el uno por el otro.

En este supuesto, lo único q[ue] yo te puedo decir es que lo reflexiones mucho antes de resolverte; pero q[ue] una vez decidida al sí o al no, tu determinación sea constante e irrevocable, puesto q[ue] no hay cosa peor que andar mudando de parecer cada día. Cualquiera q[ue] sea tu determinación, la aprobaré; pues para hacerlo o no hacerlo se presentan razones muy poderosas.

Debo advertirte, por último, que es bastante delicada la situación de una muger soltera, en cuya misma casa vive el que dice que se quiere casar con ella. Si quiere conservar la opinión de las gentes, si quiere conservar la estimación del mismo que la solicita, es necesario q[ue] esté muy vigilante, muy sobre sí, para apartar las ocasiones q[ue] frecuentemente ocurren en una comunicación tan íntima. Los maridos no son maridos hasta q[ue] el cura los casa; y ni las promesas, ni los juramentos, ni las risas, ni las lágrimas, deben ser suficientes a disculpar familiaridades ni condescendencias, que, en vez de fomentar el amor, llegan a inspirar desconfianza y desprecio en el mismo a cuyo favor se otorgaron.

En la sociedad en q[ue] vivimos no basta ser virtuosos; es necesario parecerlo. A Dios le basta la pureza de nuestro corazón, la rectitud de nuestras acciones; pero a los hombres no. Como juzgan por lo que se ve, es necesario q[ue] no les choquen las apariencias, y q[ue] la conducta exterior sea tan arreglada, que no les dé motivo jamás a la murmuración ni a la calumnia. Creo q[ue] tienes talento bastante p[ara] saberte aprovechar de estas pocas ideas que me ha dictado la experiencia adquirida en el mundo, y q[ue] no he querido omitir, porque deseo mucho tu felicidad.

Epistolario de Leandro Fernández de Moratín, ed. de René Andioc, Madrid, Castalia, 1973, pp. 332-333.

Larra, escritor romántico de formación ilustrada, se permite enjuiciar la obra de Moratín a propósito de una representación que se hizo en su época. Es la opinión distanciada de un hombre que, sin rebajar el mérito del dramaturgo, no comprende ciertos pormenores de la obra moratiniana.

El sí de las niñas no es una de aquellas comedias de carácter, destinada, como *El Avaro* o *El Hipócrita*, a presentar eternamente al hombre de todos los tiempos y países un espejo en que vea y reconozca su extravío o su ridícula pasión; es una verdadera comedia de época, en una palabra, de circunstancias enteramente locales, destinada a servir de documento histórico o de modelo literario. En nuestro entender es la obra maestra de Moratín y la que más títulos le granjea a la inmortalidad.

El plan está perfectamente concebido. Nada más ingenioso y acertado que valerse para convencer al tío de la contraposición de su mismo sobrino. Así no fuera éste teniente coronel, porque por mucha que fuese en aquel tiempo la sumisión de los inferiores en las familias, no parece natural que un teniente coronel fuese tratado como un chico de la escuela, ni recibiese las dos o las tres onzas para *ser bueno*. Acaso la diferencia de las costumbres haga más chocante esta observación en nuestros días, y nos inclinamos a creer esto, porque confesamos que solo con mucho miedo y desconfianza osamos encontrar defectos a un talento tan superior. El contraste entre el carácter maliciosamente ignorante de la vieja y el desprendido y juicioso de don Diego es perfecto. Las situaciones, sobre todo, del tercer acto, tan bien preparado por los dos anteriores, que pudieran llamarse de exposición, porque toda la comedia está encerrada en el tercer acto, son asombrosas, y desaniman al escritor que empieza. Esta es la ocasión de hacer una observación esencial. Moratín ha sido el primer poeta cómico que ha dado un carácter lacrimoso y sentimental a un género en que sus antecesores solo habían querido presentar la ridiculez. No sabemos si es efecto del carácter de la época en que ha vivido Moratín, en que el sentimiento empezaba a apoderarse del teatro, o si es un resultado de profundas y sabias meditaciones. Esta es una diferencia esencial que existe entre él y Molière. Este habla siempre al entendimiento, y le convence presentándole el lado risible de las cosas. Moratín escoge ciertos personajes para cebar con ellos el ansia de reír del vulgo; pero parece dar otra importancia, para sus espectadores más delicados a las situaciones de sus héroes. Convence por una parte con el cuadro ridículo al entendimiento; mueve por otra al corazón, presentándole al mismo tiempo los resultados del extravío; parece que se complace con amargura en poner a la boca del precipicio a su protagonista, como en *El sí de las niñas* y en *El barón*; o en hundirle en él cruelmente, como en *El viejo y la niña*, y en *El café*. Un escritor romántico creería encontrar en esta manera de escribir alguna relación con Víctor Hugo y su escuela, si nos permiten los clásicos esta que ellos llamarían blasfemia.

En nuestro entender este es el punto más alto a que puede llegar el maestro; en el mundo está el llanto siempre al lado de la risa; parece que estas afecciones no pueden existir una sin otra en el hombre; y nada es por consiguiente más desgarrador ni de más efecto que hacernos regar con llanto la misma impresión del placer. Esto es jugar con el corazón del espectador; es hacerse dueño de él completamente, es no dejarle defensa ni escape alguno. *El sí de las niñas* ha sido oído con aplauso, con indecible entusiasmo, y no solo el bello sexo ha llorado, como dice un periódico, que se avergüenza de sentir; nosotros los hombres hemos llorado también, y hemos reverdecido con nuestras lágrimas los laureles de Moratín, que habían querido secar y marchitar la ignorancia y la opresión. ¿Es posible que se haya creído necesario conservar en esta comedia algunas mutilaciones meticulosas? ¡Oprobio a los mutiladores de las comedias del hombre de talento! La indignación del público ha recaído sobre ellos, y tanto en *La mojigata* como en *El sí de las niñas*, los espectadores han restablecido el texto por lo bajo: felizmente la memoria no se puede prohibir.

M. José de Larra: *Artículos literarios*, ed. de J. J. Ortiz de Mendívil, Barcelona, Plaza y Janés, 1985, pp. 217-219.

Benito Pérez Galdós, narrador realista, recrea en sus Episodios nacionales *los sucesos históricos del siglo XIX, haciendo participar en ellos a personajes reales junto con otros ficticios, como el Gabriel que relata los hechos. En el texto siguiente se reproduce el ambiente de la tarde del estreno de* El sí *con una fidelidad tan extraordinaria que evidencia el buen conocimiento que tenía su autor de la historia del teatro.*

—¡Qué principio! —dijo oyendo el primer diálogo entre don Diego y Simón— ¡Bonito modo de empezar una comedia! La escena es una posada. ¿Qué puede pasar de interés en una posada? En todas mis comedias, que son muchas, aunque ninguna se ha representado, se abre la acción con un *jardín corintiano, fuentes monumentales a derecha e izquierda, templo de Juno en el fondo,* o con *gran plaza, donde están formados tres regimientos; en el fondo la ciudad de Varsovia, a la cual se va por un puente...,* etcétera... Y oiga usted las simplezas que dice ese vejete. Que se va a casar con una niña que han educado las monjas de Guadalajara. ¿Esto tiene algo de particular? ¿No es acaso lo mismo que estamos viendo todos los días?

Con estas observaciones, el endiablado poeta no me dejaba oír la función, y yo, aunque a todas sus censuras contestaba con monosílabos de la más humilde aquiescencia [1], hubiera deseado que callara con mil demonios. Pero era preciso oírle; y cuando aparecieron doña Irene y doña Paquita, mi amigo y jefe no pudo contener su enfado, viendo que atraían la atención dos personas, de las cuales una era exactamente igual a su patrona, y la otra no era ninguna princesa, ni senescala [2], ni canonesa [3], ni landgraviata [4], ni archidapífera [5] de país ruso o mongol.

—¡Qué asuntos tan comunes! ¡Qué bajeza de ideas! —exclamaba de modo que le pudieran oír todos los circundantes—. ¿Y para esto

---

[1] *aquiescencia:* asentimiento.

[2] *senescala:* mujer del senescal, una especie de jefe de la nobleza en tiempo de guerra.

[3] *canonesa:* mujer que vive en una abadía sin hacer votos de clausura.

[4] *landgraviata:* mujer que posee un título honorífico que usaban algunos grandes de Alemania.

[5] *archidapífera: dapífero* era el título de un miembro de la casa real que servía la comida al rey.

se escriben comedias? ¿Pero no oye usted que esa señora está diciendo las mismas necedades que diría doña Mariquita, o doña Gumersinda, o la tía Candungas? Que si tuvo un pariente obispo; que si las monjas educaron a la niña sin artificio ni embelecos; que la muy piojosa se casó a los diecinueve con don Epitafio; que parió veintidós hijos... así reventara la maldita vieja.

—Pero oigamos— dije yo, sin poder aguantar las importunidades del caudillo—, y luego nos burlaremos de Moratín.

—Es que no puedo sufrir tales despropósitos —continuó—. No se viene al teatro para ver lo que a todas horas se ve en las calles y en casa de cada *quisque*. Si esa señora, en vez de hablar de sus partos, entrase echando pestes contra un general enemigo porque le mató en la guerra sus veintiún hijos, dejándole sólo el veintidós; que está aún en la manada, y lo trae para que no se lo coman los sitiados, que se mueren de hambre, la acción tendría interés y ya estaría el público con las manos desolladas de tanto palmoteo... Amigo Gabriel, es preciso protestar con fuerza. Golpeemos el suelo con los pies y los bastones, demostrando nuestro cansancio e impaciencia. Ahora bostecemos abriendo la boca hasta que se disloquen las quijadas, y volvamos la cara hacia atrás, para que todos los circundantes, que ya nos tienen por literatos, vean que nos aburrimos de tan sandia y fastidiosa obra.

Dicho y hecho; comenzamos a golpear el suelo, y luego bostezamos en coro, diciéndonos unos a otros: *¡qué fastidio!... ¡qué cosa tan pesada!... ¡mal empleado dinero!...* y otras frases por el mismo estilo, que no dejaban de hacer su efecto. Los del patio imitaron puntualísimamente nuestra patriótica actitud. Bien pronto un general murmullo de impaciencia resonó en el ámbito del teatro. Pero si había enemigos, no faltaban amigos, desparramados por lunetas y aposentos, y aquellos no tardaron en protestar contra nuestra manifestación, ya aplaudiendo, ya mandándonos callar con amenazas y juramentos, hasta que una voz fortísima, gritando desde el fondo del patio: *¡afuera los chorizos!* [6] provocó ruidosa salva de aplausos y nos impuso silencio. [...]

La obstinación de aquella doña Irene, empeñada en que su hija

---

[6] *chorizos:* partidarios de la compañía del teatro del Príncipe; sus adversarios eran los «polacos» del teatro de la Cruz.

debía casarse con don Diego, porque así cuadraba a su interés, y la torpeza con que cerraba los ojos a la evidencia, creyendo que el consentimiento de su hija era sincero, sin más garantía que la educación de las monjas, el buen sentido del don Diego, que no las tenía todas consigo respecto a la muchacha, y desconfiaba de su remilgada sumisión; la apasionada cortesanía de don Carlos, la travesura de Calamocha, todos los incidentes de la obra, lo mismo los fundamentales que los accesorios, me cautivaban, y al mismo tiempo descubría vagamente en el centro de aquella trama un pensamiento, una intención moral, a cuyo desarrollo estaban sujetos todos los movimientos pasionales de los personajes. Sin embargo, me cuidaba mucho de guardar para mí estos raciocinios, que hubieran significado alevosa traición a la ilustre hueste de silbantes, y fiel a mis banderas, no cesaba de repetir con grandes aspavientos: «¡Qué cosa tan mala!... ¡Parece mentira que esto se escriba!.. Ahí sale otra vez la viejecilla... Bien por el viejo ñoño... ¡Qué aburrimiento! ¡Miren la gracia!», etcétera, etcétera.

El segundo acto pasó, como el primero, entre las manifestaciones de uno y otro lado; pero me parece que los amigos del poeta llevaban ventaja sobre nosotros. Fácil era comprender que la comedia gustaba al público imparcial, y que su buen éxito era seguro, a pesar de las indignadas cábalas, en las cuales tenía yo también parte. El tercer acto fue, sin disputa, el mejor de los tres: yo le oí con religioso respeto, luchando con las impertinencias de mi amigo el poeta, que en lo mejor de la pieza creyó oportuno desembuchar lo más escogido de sus disparates.

Hay en el dicho acto tres escenas de una belleza incomparable. Una es aquella en que doña Paquita descubre ante el buen don Diego las luchas entre su corazón y el deber impuesto por una indiscreta hipócrita conformidad con superiores voluntades; otra es aquella en que intervienen don Carlos y don Diego, y se desata, merced a nobles explicaciones, el nudo de la fábula; y la tercera es la que sostienen del modo más gracioso don Diego y doña Irene, aquel deseando dar por terminado el asunto del matrimonio, y esta interrumpiéndole a cada paso con sus importunas observaciones.

No pude disimular el gusto que me causó esta escena, que me parecía el colmo de la naturalidad, de la gracia y del interés cómico; pero el poeta me llamó al orden injuriándome por mi deserción del campo *chorizo*.

—Perdone usted —le dije—, me he equivocado. Pero, ¿no cree usted que esa escena no está del todo mal?

—¡Cómo se conoce que eres novato y que en la vida has compuesto un verso! ¿Qué tiene esa escena de extraordinario, ni de patético, ni de historiográfico...? [7]

—Es que la naturalidad... Parece que ha visto uno en el mundo lo que el poeta pone en escena.

—Cascaciruelas: [8] pues por eso mismo es tan malo. ¿Has visto que en *Federico II*, en *Catalina de Rusia*, en *La esclava de Negroponto* y otras obras admirables, pase jamás nada que remotamente se parezca a las cosas de la vida? ¿Allí no es todo extraño, singular, excepcional, maravilloso y sorprendente? Pues por eso es tan bueno. Los poetas de hoy no aciertan a imitar a los de mi tiempo, y así está el arte por los mismos suelos.

—Pues yo, con perdón de usted —dije—, creo que... la obra es malísima, convengo; y cuando usted lo dice, bien sabido se tendrá por qué. Pero me parece laudable la intención del autor, que se ha propuesto aquí, según creo, censurar los vicios de la educación que dan a las niñas del día, encerrándolas en los conventos y enseñándolas a disimular y a mentir... Ya lo ha dicho don Diego: las juzgan honestas, cuando les han enseñado el arte de callar, sofocando sus inclinaciones, y las madres se quedan muy contentas cuando las pobrecillas se prestan a pronunciar un sí perjuro que después las hace desgraciadas.

—¿Y quién le mete al autor en esas filosofías? —dijo el pedante—. ¿Qué tiene que ver la moral con el teatro? En *El mágico de Astracán*, en *A España dieron blasón las Asturias y León*, y *Triunfos de don Pelayo*, comedias que admira el mundo, ¿has visto acaso algún pasaje en que se hable del modo de educar a las niñas?

—Yo he oído o leído en alguna parte que el teatro sirve de entretenimiento y de enseñanza.

—¡Patarata! Además el señor Moratín se va a encontrar con la horma de su zapato, por meterse a criticar la educación que dan las señoras monjas. Ya tendrá que habérselas con los reverendos obispos y la santa Inquisición, ante cuyo tribunal se ha pensado delatar *El sí*, y se delatará, sí señor.

---

[7] *historiográfico:* que estudia la historia críticamente.

[8] *Cascaciruelas:* inútil, dicho de persona.

—Vea usted el final —dije atendiendo a la tierna escena en que don Diego casa a los dos amantes, bendiciéndoles con el cariño de un padre.

—¡Qué desenlace tan desabrido! Al menos lerdo se le ocurre que don Diego debe casarse con doña Irene.

—¡Hombre! ¿Don Diego con doña Irene? Si él es una persona discreta y seria, ¿cómo va a casarse con esa impertinente vieja?

—¿Qué entiendes tú de eso, chiquillo? —exclamó amostazado el pedante—. Digo que lo natural es que don Diego se case con doña Irene, don Carlos con Paquita, y Rita con Simón. Así quedaría regular el fin, y mucho mejor si resultara que la niña era hija natural de don Diego y don Carlos hijo espúreo de doña Irene, que le tuvo de algún rey disfrazado, comandante del Cáucaso o bailío [9] condenado a muerte. De este modo tendría mucho interés el final, mayormente si uno salía diciendo: *¡padre mío!* y otro *¡madre mía!* con lo cual, después de abrazarse, se casaban para dar al mundo numerosa y masculina sucesión.

—Vamos, que ya se acaba. Parece que el público está satisfecho— dije yo.

—Pues apretar ahora, muchachos. Manos a la boca. La comedia es pésima, inaguantable.

B. Pérez Galdós: *La corte de Carlos IV*, Madrid, Alianza Editorial-Hernando, 1980, pp. 18-24.

. *Joaquín Casalduero ha aportado a nuestra crítica literaria una manera sugerente de acercarse a la obra. Se trata de una aproximación al sentido de la misma profundizando en sus elementos constitutivos o formales. El siguiente texto señala la carga simbólica que la luz tiene en* El sí de las niñas.

Lo dramático-sentimental:
la verdad y la virtud

Aún no hemos dejado la zona de la sonrisa, don Diego, al dar la réplica a doña Irene, nos hace ver el matrimonio con la responsabi-

---

[9] *bailío:* caballero de la orden de San Juan.

lidad que adquieren los padres respecto a los hijos. Se trata de la falta de talento, de experiencia y de virtud de muchos padres para educar a sus hijos. A ese problema se une la terrible mortandad infantil (I, 4). Pero es sólo en la escena 9 cuando se introduce el elemento sentimental. Anochece para marcar el paso del tiempo: «se va oscureciendo lentamente el teatro», dice la acotación; pero la oscuridad en que va quedando el escenario armoniza con la turbación del personaje. Lo que en el Romanticismo será una creación de atmósfera, es, como siempre en el siglo XVIII, una armonía de tintas.

Creo que esta luz que se va rebajando permite a doña Francisca expresar más libremente, más socialmente, la seriedad fundamental de su carácter y de su sentimiento. La escena 9 es la última del primer acto. La disminución paulatina de la luz es una melodía que va acompañando ese final y acentuando su tono sentimental (a partir del Realismo idealista el mismo efecto se logra con el telón lento), así como para el desenlace, el movimiento contrario (se llena la escena de luz) subraya felicidad.

Doña Francisca está sumida en el dolor; no ve cómo podrá evitar el matrimonio con don Diego. De ahí su pesimismo y su poca confianza en el hombre. El único que puede ayudarla es su amante y este no llega; Rita, que ya sabe la presencia de Don Carlos en Alcalá, es la encargada de hacer el acto de fe. Ella expresa el optimismo del siglo XVIII, un optimismo activo que nada tiene de bobo. No es absoluto, y su relativismo contradice más fuertemente la idea de la maldad humana. Entre los hombres y las mujeres «hay de todo; la dificultad está en saberlos escoger».

Este optimismo instila la esperanza en la muchacha enamorada y es entonces cuando Rita le da la buena nueva: su amante ha llegado para defenderla. En seguida Paquita, de una manera muy humana, personifica el ideal femenino de parte del siglo XVIII, hecho de sentimiento, ingenuidad e inocencia, cualidades que no se adquieren en un medio mojigato, sino que manifiestan la pureza de corazón. El hombre gana no solo el amor de la mujer, sino también su gratitud. Paquita dice: «¡Oh!, yo le prometo que no se quejará de mí. Para siempre agradecimiento y amor.» Y es ella, la que para terminar el primer acto, devuelve al mundo la confianza en la humanidad: «¡Ah!... Pues mira cómo me dijo la verdad.»

El enredo —partida, oscuridad, música, carta, nombre supuesto, el ser sorprendidos—, de mucha animación y movimiento, es muy breve y se deshace en seguida, convirtiéndose toda la acción física no en una acción interior, sino en una acción moral. El equívoco con que comenzaba la obra tenía como objeto mostrar lo antinatural e irrazonable del propósito de don Diego.

J. Casalduero: «Forma y sentido de "El sí de las niñas"»; en *Estudios sobre el teatro español*, 3.ª ed. Madrid, Gredos, 1972, pp. 214-215.

La novelista Carmen Martín Gaite ha dedicado un precioso libro al papel de la mujer en la sociedad del siglo XVIII. En él no solo se estudia la situación de las jóvenes, solteras o casadas, sino también su educación y su relación con el hombre. Precisamente, entre las diversas formas de relacionarse, una de las más importantes era a través del matrimonio, del cual refiere lo siguiente.

Parece que, de hecho, entre la aristocracia y la burguesía eran siempre los padres quienes arreglaban las bodas de sus hijas, y el noviazgo se reducía a una ceremonia formal que duraba pocos meses, a lo largo de los cuales los novios apenas si cruzaban la palabra en alguna visita de cortesía y bajo el control de los padres. El hecho de que, a través de este fugaz contacto, pudiese surgir una inclinación de afecto entre los futuros cónyuges se tenía por algo accidental y sin relevancia alguna a efectos de que eso garantizase más los resultados de la unión, sobre cuyo ajuste primaban consideraciones de tipo económico. [...]

Los matrimonios por amor eran totalmente insólitos y de hecho no existían: se hacían siempre atendiendo a las consideraciones de la igualdad de clases y fortunas. [...]

Leandro Fernández Moratín, otro de los autores que más ha insistido sobre la injusticia de que una mujer no pudiera escoger para marido a un hombre de su gusto, deplora la hipocresía que se incubaba inevitablemente en el alma de aquellas jovencitas herederas de la tradicional propaganda del recato, modosas y sometidas a la voluntad paterna, incluso en un asunto tan fundamental como el de la elección del perenne compañero de su vida.

C. Martín Gaite: *Usos amorosos del dieciocho en España*, Madrid, Siglo XXI de España Editores, 1972, pp. 96-97.

9. *Luis Felipe Vivanco, poeta de nuestros días, ha estudiado la figura de Moratín acercándose a ella de un modo intuitivo en ocasiones. Vivanco resalta todo lo extraordinario que hay en su personalidad y trata de localizarlo en un momento histórico ni ilustrado ni romántico, el de la «Ilustración mágica».*

A la larga el *Sí* se queda aislado en su breve paréntesis, sin vigencia ni descendencia nacional hasta más de un siglo después. Y aunque en ella no haya fantasmas ni espectros, es una comedia fantasmal. Tiene un cuerpo real muy práctico y pedagógico —aunque yo creo que Moratín era también un humorista de la pedagogía— y un alma irreal y casi simbolista. En este sentido Moratín no ha escrito la primera obra romántica, ha escrito la primera obra moderna, saltándose todo el romanticismo, al menos el español. El arrebato romántico no cabe dentro de esta calculada mesura moratiniana. De el *Sí* al *Don Álvaro* hay un abismo, y sin embargo el *Don Álvaro* se acerca al *Sí*, con sus escenas en prosa, sobre todo del primer acto. Pero estas escenas caen necesariamente, voluntariamente, en el nuevo pintoresquismo costumbrista. Moratín es, al mismo tiempo, anterior y posterior a todo esto. Moratín, ¿sería un posromántico como Bécquer, y doña Paquita posible destinataria de algunas rimas? Lo mismo que Bécquer nos acerca al alma más que otros poetas, Moratín nos acerca al escenario y a sus personajes más que otros autores. El falso romanticismo efectista nos aleja de su teatro, pero el dejo de tristeza, apenas perceptible en el *Sí*, nos acerca al misterio, a un misterio no revelado, insinuando y no consciente.

En su *Comedia nueva*, Moratín estaba obligado a serle fiel a su época y pertenecía de lleno al planteamiento polémico del teatro español en ella. Ahora ya, procura ser fiel a lo más secreto de sí mismo. Su propósito sigue siendo tal vez de ilustrado, pero su forma conseguida nos deja en el umbral de otro mundo. Ese mundo empieza a estar vigente en algunas minorías creadoras europeas. Es el mundo de la Ilustración mágica, el de la música de Mozart, que llamó precisamente a su última ópera: *La flauta mágica* (1791). Moratín no entra en ese mundo, pero se queda a la entrada. Después ya, le cogen, por así decirlo, los horrores de la guerra y la posguerra, el destierro y la vejez, y se sobrevive dieciochesco en sus últimas cartas. Aunque *El sí de las niñas* lo estrenó el año 6, y él siguió viviendo hasta el 28, su obra ha llegado más lejos que él en el tiempo.

L. Felipe Vivanco: *Moratín y la Ilustración mágica*, Madrid, Taurus, 1972, pp. 168-169.

0. *Hidehito Higashitani ha estudiado el teatro de Moratín desde un punto de vista estructural, realizando diferentes esquemas constitutivos de las obras del autor y, en ocasiones, criticándolos sin contemplaciones. Para él, El sí tiene una composición perfecta, cuya representación gráfica sería la siguiente:*

Grupo A		Grupo B
Don Diego ⟶ Don Carlos		
conoce (Don Félix)	conoce	Doña Francisca
Simón	Calamocha	Rita

El público, más enterado que los mismos personajes de los grupos A y B, se adelanta en saber que don Félix y don Carlos son el mismo personaje y que doña Francisca no sabe que don Diego y don Félix son parientes. De esta manera, para el público, las dos corrientes se hilan en una, mientras ningún personaje de los grupos A y B conoce este único enredo. Así, el público se siente muy superior a los mismos personajes y desea arreglar esta confusión, ayudando a doña Francisca. De esta manera, Moratín atrae poderosamente la atención y el interés de todos.

En el tercer acto, el interés del público se concentra en cuándo los personajes de los grupos A y B se darán cuenta de las verdaderas relaciones de don Carlos (o don Félix) con el otro. En primer lugar, Moratín, en unas escenas llenas de movimiento, entre la primera y la sexta, en las cuales don Carlos intenta hablar con doña Francisca durante la noche y le tira una carta por la ventana, nos divierte con la rapidez de la acción. Y al mismo tiempo este lance da lugar, después, a que don Diego, cogiendo la carta, se entere perfectamente de la situación.

El mismo don Diego, por su parte, en la escena XII hace saber a doña Francisca el verdadero nombre de don Félix y las relaciones familiares entre él y el sobrino. Una vez resuelta esta trama, los novios consiguen sus deseos de unión por la actitud comprensiva de don Diego y así termina la comedia. Indicaremos, como de costumbre, el desarrollo de esta obra:

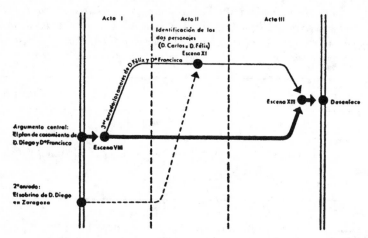

H. Higashitani: *El teatro de Leandro Fernández de Moratín*, Madrid, Playor, 1973, pp. 78-79.

11. *René Andioc, estudioso de todo lo relacionado con el teatro ilustrado y editor de* El sí de las niñas *ha sugerido una original opinión sobre el sentido de esta comedia, una opinión que enriquece el panorama interpretativo y rompe con algunos tópicos que se habían formado en lo referido al tema de la obra.*

Tales frases evidencian la sorpresa, el asombro, suscitados por el protagonista, es decir, su *novedad.* Moratín ofrecía a la admiración del auditorio un joven capaz de *sacrificarlo todo* a la autoridad del cabeza de familia, *como podía hacerlo, en la esfera de lo trágico, esto es, en la de los próceres, un Guzmán el Bueno, por fidelidad a la autoridad suprema.* Y, sin embargo, a pesar de ser don Carlos un modelo de respeto filial, llega un momento en que reacciona contra la actitud de su tío, y su impulso tiene las mismas características estructurales que el de doña Isabel en la primera comedia de Moratín. Si este, pues, insistió tanto en la ejemplaridad del joven, es que no solo quería edificar, sino que también preparaba la correcta interpretación de la sorprendente reacción de don Carlos en la escena décima del tercer acto, presentándola como *inhabitual* en él, y por lo mismo disculpable; disculpable sí, pero *peligrosa*, pues don Diego, sobrecogido y *levantándose con «mucho enojo»*, la califica de *«temeridad»*, con la *misma voz* de que se valía don Carlos para calificar la reacción pasional que logró contener por un esfuerzo de voluntad en una escena anterior a la que nos acabamos de referir. [...]

Ello significa simplemente que la actitud autoritaria de don Diego ha alcanzado un límite, y lo ha *sobrepasado*. De ahí la repentina reacción de don Carlos, subrayada escénicamente por el cambio de posición que le confiere una superioridad aparente y provisional sobre el interlocutor, una reacción a la que Moratín *da valor de solemne advertencia para los cabezas de familia* demasiado autoritarios. No obstante, como se trata ante todo de salvaguardar la dignidad de estos, el autor ha tomado varias precauciones para atenuar en lo posible la responsabilidad de don Diego y la gravedad del desacato de don Carlos, pues cada uno debe conservar su ejemplaridad en su esfera propia; por ello entra ya una indudable afectación en la intransigencia del anciano: don Diego, dándose cuenta poco antes de su «equivocación», ha renunciado ya implícitamente a doña Francisca, y su intento, al empezar la escena que comentamos, es preparar las condiciones del matrimonio de su amado sobrino; de manera que, si bien sigue desempeñando su papel de tío autoritario, llega a *abusar conscientemente de su autoridad,* y en la medida en que no asume por completo esa peligrosa actitud, dicha autoridad —la que debe inspirar al espectador— queda salva sin que por ello deje de expresarse la lección de la escena: «estas serían las resultas si...»; en condicional, pues si se pudiera expresar en indicativo, Moratín hubiera hecho, a pesar suyo, un llamamiento a la rebelión.

R. Andioc: *Teatro y sociedad en el Madrid del siglo XVIII*, 2.ª ed., Madrid, Castalia, 1987, pp. 458-459.

12. *El mismo autor, por otra parte, ha documentado un pormenorizado estudio sociológico de la obra que nos ocupa, aportando las cifras de espectadores divididos por sexos y clases sociales. Los resultados son los siguientes.*

Examinemos ahora la actitud de los distintos sectores del auditorio para valorar el verdadero alcance de la comedia. Ya observaba un contemporáneo que *El sí* gustó «casi a todo el público»: tal particularidad era lo bastante insólita para imponerse a cualquier observador relativamente entendido. En efecto, la curva de ocupación de las localidades más caras (palcos primeros y lunetas) se mantiene *siempre* —con una sola excepción que por muy poco lo es— encima del 90% de la cabida total; *las más veces* (tres excepciones escasas) entre el 95 y el 100%; alcanza el *máximo* dieciséis veces y alcanza o supera el 99% durante cinco días más: éxito, pues, completo y constante, hasta el último día, en el sector ocupado por las capas más acomodadas del concurso y también, en cierta medida, por buena parte de la «gente culta». Prosigamos: la curva de las entradas en los sectores «populares» es más irregular; durante las dos primeras semanas oscila entre el 60 y el 100%, pasando por una cumbre (96,1; 100; 87,5; 80,8; 89,5) entre el tercer día y el séptimo; luego sigue aproximadamente la línea del 60%, con un par de caídas debajo del 50%; se puede afirmar por lo tanto que el público de mediana pasada vio también con gusto la comedia moratiniana, mayormente si tenemos en cuenta la cabida mucho más grande de este sector. Pero examinemos más detenidamente la concurrencia al mismo sector y separemos la cazuela de las demás localidades reservadas exclusivamente al sexo fuerte: se advierte entonces que la curva de la participación femenina (con excepción de algunas damas de la alta sociedad que prefieren acomodarse en los aposentos) *coincide casi totalmente con la de las localidades más caras;* en cambio, en el patio y las gradas, donde los hombres asistían al espectáculo de pie o sentados en unos bancos, si bien la ocupación es muy importante durante los ocho primeros días, empieza a disminuir notablemente a partir del noveno, 1 de febrero, y, a pesar de un fuerte aumento el día 3 del mismo, se mantiene prácticamente hasta el final debajo del 50%.

Esta participación excepcional muestra que las «burguesas», según decía el viajero Moldenhawer, es decir, las mujeres de la clase media o popular, sintieron que las concernía más que otra la comedia de *El sí de las niñas*. Si recordamos que el abanico de los precios de entrada en la cazuela era de cuatro a ocho reales en 1806, podremos concluir que la composición del amplio palco de mujeres no era uniforme, y que, por el contrario, compartieron el entusiasmo suscitado por la comedia moratiniana varias categorías de madrileñas. Así, pues, buena parte del bello sexo se identificó con doña Francisca, y la importancia del concurso femenino confirma de modo irrefutable que la comedia del teatro de la Cruz *planteaba un problema de candente actualidad,* un problema con el que se habían enfrentado o se enfrentarían tarde o temprano no pocas de las que iban a simpatizar con la novia de don Carlos, pero que no despertaba tanto interés en los representantes del otro sexo procedentes de las capas menos favorecidas del público.

No por ello tenemos seguridad de que se percibiera uniformemente el sentido de la obra de Moratín.

R. Andioc: *obra citada,* pp. 498-499.

3. *José Antonio Maravall, estudioso de los aspectos sociales de nuestra literatura, se plantea la pertenencia de Moratín a la clase conservadora y sus relaciones con otros estamentos de la España del momento.*

Yo creo que a él le tocó vivir —no formulándola sistemáticamente en su significado, pero sí señalándola con claridad—, una experiencia vital que va a convertirse en un episodio común a múltiples individuos en el marco de la Historia de las mentalidades, en la Europa de su tiempo. Podría enunciarse, a mi entender, así: «Moratín o la experiencia personal de una mentalidad moderada» (digo «mentalidad» para que, sin negar lo que puede haber de conjunto organizado, quede por delante una imprecisión creencial del contenido, lo cual puede fundar una actitud, pero no formular una doctrina). No hago referencia a una calificación moral, sino a un concepto histórico, a una tercera línea que prestará su esquema a una ideología conservadora, la cual va a desarrollarse tomando como base las palabras «moderación» y «moderado»: en ellas llegará a dar expresión a lo que, conforme a la terminología ulterior de G. Mosca, sería su «fórmula política».

Es sabido que la Revolución francesa trajo consigo un replanteamiento de las actitudes políticas. Llegará a más, llegará a transformar estas en *partidos*, y con los partidos, las corrientes ideológicas de la Europa contemporánea nacen de esa crisis. Concretamente, así sucede con la ideología que acabará llamándose, para en adelante, conservadora. Manheim la ha estudiado, sobre unos supuestos semejantes, respecto a Alemania: Hobhouse, en relación a Inglaterra; Pierre Reboul en Francia, con su interesante libro *Chateaubriand et Le Conservateur*. La fecha de 1818 señala probablemente la invención de este neologismo político.

Sin que la afirmación que sigue entrañe ninguna estimación valorativa, conservadurismo no tiene nada que ver, o muy poco que ver, con reaccionarismo. Ya antes de esa fecha que acabo de citar, había o reacción o reforma. Conservadurismo no es un poco menos o un mucho menos de reformismo, no es un menos de reaccionarismo. Es otra cosa. Supone poner el acento en la selección (reducida, eso sí) de reformas y en la manera de hacerlas y defenderlas. Moratín era un conservador. Se le diría próximo a Jovellanos, si bien este se atiene más al patrón dieciochesco, en fórmula de constitucionalismo de vía media, cuando esa problemática a la que he hecho mención aún no se ha introducido. Chateaubriand, en algún pasaje de las *Mémoires d'outretombe* escribió que «Le Conservateur» había salido para poner las fuerzas subsistentes de la feudalidad —que han logrado atravesar la crisis revolucionaria— al servicio de la libertad de expresión. Pues bien, Moratín opta por la primacía, en cierto modo, de la misma libertad, y esta constituye para él la cuestión política clave: pero, no hallando posibilidad alguna de apoyarla en fuerzas tradicionales, o mejor, tal vez, rechazando decididamente enlazar con ellas (asombra el alejamiento de Moratín respecto a la nobleza, a pesar de que alguna obra suya, en versión juvenil, se estrenara en el palacio de un grande), Moratín piensa, o mejor dicho, no ve en su panorama otra base, para cimentar una libertad, que un grupo social al cual él es de los primeros en llamar con una terminología nueva: *clase media*. Tal vez, el deterioro de la insana estructura social jerarquizada que la prolongada pervivencia del régimen estamental y, al mismo tiempo, su inviabilidad (ambas cosas juntas), habían provocado sobre la sociedad española, daban lugar a que un hombre inteligente e infundido de independencia personal, no pudiera divisar otras costas ante su vista. Esto le llevaría

—dando mayor interés a su obra— hasta reconocer, a través de vetustas e inservibles supervivencias, una nueva estructura que empezaba a cuajar.

J. A. Maravall: «Del despotismo ilustrado a una ideología de clases medias: significación de Moratín», en *Coloquio internacional sobre Leandro Fernández de Moratín*, Abano Terme, Piovan Editore, 1980, p. 175.

14. *Otro gran investigador del teatro ilustrado, Russell P. Sebold, ha delimitado un asunto tan controvertido como es el del realismo en* El sí de las niñas, *y la relación entre la vida del autor y la obra que nos ocupa. El siguiente texto precisa hasta qué punto se imbrican biografía y realidad en la comedia.*

Nadie pretende ya hallar una correspondencia exacta entre las peripecias vitales de Moratín y el argumento de *El sí de las niñas*; mas de lo que no cabe duda es que el parecido fue suficiente para que el tímido y sensible Leandro lo notara y así se inspirara para copiar ciertos caracteres de la realidad. En la vida lo mismo que en la comedia la influencia de la madre fue un factor determinante en la relación entre la chica y el «novio» de edad provecta: de las 123 ocasiones en que Moratín menciona en su *Diario* haber visto a Paquita Muñoz, en 101 estuvo presente también doña María Ortiz, o sea que durante más del 82 por ciento del tiempo que pasó con su «novia», les acompañó la madre de esta. El padre de doña Francisca, don Santiago, era militar —en carta a Paquita años después Moratín tiene motivo de recordarle que su madre sabe «por experiencia» lo que es la vida militar—, y lo más probable es que durante los tres primeros años de la amistad entre Leandro y Paquita (1798 a 1801), por razones profesionales o sociales, pasase por el domicilio de don Santiago algún joven militar, como suele suceder en tales casas, quien de camino atrajese la atención de la ninfa. Poco más hacía falta para que Moratín imaginase el posible desenlace, sobre todo estando sugestionado por el ejemplo literario de *L'École des mères*, en cuyo galán viejo debió de reconocerse, así como por cierto rasgo psicológico muy suyo que ha sido investigado por Lázaro Carreter en relación con las dificultades políticas de Leandro en años posteriores: quiero decir, la «resignación presuntiva» de Moratín, por la cual ni luchaba contra la adversidad, ni aun la esperaba, sino que se sometía anticipadamente, sintiéndose seguro del fracaso ante cualquier presagio de oposición. [...]

La casquivana, egoísta, regañona y locuaz cincuentona de doña Irene pertenece por desgracia a un tipo humano tan universal, que todos la reconocemos. Moratín también conocía a más de un ejemplar vivo: ahí está doña María Ortiz, pero a la vez viene a la memoria la descripción moratiniana de la mujer del poeta Meléndez Valdés: «La más sardesca, cavilosa, pesada, impertinente, maliciosa, insufrible y corrumpente vieja que he conocido jamás»; y con esta doña Irene también comparte varias características. Así no es imposible que Moratín haya tomado en cuenta más de un modelo para este personaje recurriendo a la más usada de todas las técnicas miméticas, que él analiza en la forma siguiente: «El que imite de la naturaleza universal, con el debido acierto, los caracteres y las acciones que pone en el teatro, hará sospechar muchas veces a las gentes de poca instrucción que retrata individualmente». Pero en *El sí de las niñas*, más que en cualquier otra obra, Moratín ha tendido a retratar individualmente. No por eso desde luego se ha de creer que él haya abrazado nunca el concepto vulgar de la literatura como copia exacta de la realidad extraliteraria; pues afirma en sentido general, en el Prólogo a sus comedias, que «el poeta observador de la naturaleza... compone un todo que es... semejante al original, pero idéntico nunca». [...]

Pero —un último detalle que forma como un resumen en miniatura de la enorme modernidad del realismo moratiniano—, ¿cuándo antes en la literatura se ha sabido el número de la habitación de un huésped de posada? Calamocha, al quejarse del cuarto que le ha caído en suerte, dice repitiéndose tres veces para ser bien entendido por el público: «¿Conque ha de ser el número tres? Vaya en gracia... Ya, ya conocemos el tal número tres... Y gracias a que los caballitos dijeron: no podemos más, que si no, por esta vez no veía yo el número tres, ni las plagas de Faraón que tiene dentro» (ac. I, esc. 7). En las acotaciones a la cabeza de la obra se nos dice que la decoración la forman en parte «cuatro puertas de habitaciones para huéspedes, numeradas todas». Estos pormenores, tan vulgares pero a la vez tan encantadores por su novedad entonces, se hacen posibles no solo por la nueva importancia del detalle para el hombre observador a lo dieciochesco, sino por la costumbre personal de Moratín de apuntar en sus diarios de viaje los números de las habitaciones en que se hospedaba: por ejemplo, de su estancia en cierto establecimiento de Francfort en 1793, escribe: «Excelente posada; yo estuve alojado en el núm. sesenta».

Russell P. Sebold: «Autobiografía y realismo en *El sí de las niñas*», en *Coloquio internacional...*, *citado*, pp. 216 y 226-227.

Orientaciones para el estudio de *El sí de las niñas*

1. Argumento

Los hechos que se refieren en la obra son los siguientes: el viejo don Diego tiene un sobrino, don Carlos, valeroso donde los haya, que en una de sus temporadas de permiso se ha enamorado de la joven doña Francisca y la ha enamorado a su vez. Ella está educándose en un convento de monjas, las cuales han aconsejado a su madre viuda, doña Irene, el matrimonio con el acaudalado don Diego, que anda buscando esposa para que le acompañe en sus últimos años.

Dado lo inminente de la boda, han sacado a doña Francisca del convento de Guadalajara para marchar todos hacia Madrid, aunque por necesidades de tiempo han tenido que parar a hacer noche en una posada de Alcalá. A la misma posada llegará casualmente don Carlos, alarmado por la desesperada carta de su novia, para descubrir que su rival es precisamente su tío; por eso decide regresar a su destino y dejar a su enamorada, en una muestra de acatamiento de la autoridad familiar. Antes de marcharse avisa a doña Francisca mediante una carta, que cae en poder de su tío por casualidad, viniendo este así a darse cuenta de la verdad que sospechaba. Don Diego manda llamar al joven, le hace confesar su amor y con su generosa renuncia posibilita el matrimonio de los jóvenes.

Esta reconstrucción de la fábula de *El sí de las niñas* permite mantener el orden cronológico que, sin embargo, no respeta el autor.

— Expóngase la trama de la comedia, esto es, el relato de los hechos tal y como aparecen en la obra. ¿Qué aporta esta nueva estructuración? ¿Cuál de las dos narraciones es más interesante? ¿Por qué?

— ¿Es verosímil este argumento? ¿Tiene importancia que lo sea?

— Los críticos han señalado la sencillez argumental de la obra. Enjuíciese esta opinión y dígase a qué unidad o unidades dramáticas tiende a reforzar tal hecho.

La fábula ha de tener principio, medio y fin. Aristóteles, según explica Luzán, aconseja que el principio sea cuando las cosas hayan hecho pasaje de la felicidad a la infelicidad o al contrario. El fin sobrevendrá cuando esté completa la acción.

— ¿Se cumplen tales condiciones en *El sí*? Razónese.

— ¿Qué ventajas o inconvenientes habría supuesto iniciar la obra en un momento anterior?

Hidehito Higashitani (veáse Bibliografía) ha reprochado al autor el error de construir alguna comedia sin la suficiente acción, de tal forma que el argumento parece estancado, repitiéndose escenas similares que no hacen progresar la obra. Esto ocurre, por ejemplo, en *El café*.

> — ¿Se da también en la presente obra? Razónese la respuesta con ejemplos a favor o en contra de esta opinión.

Hay que tener en cuenta que el autor atribuye un papel fundamental a la acción en el teatro. No obstante, a Moratín le interesa construir «comedias de carácter», en las cuales son los personajes los que, obrando según su carácter, sus pasiones e intereses, desatan la acción; no pueden aparecer en ellas «accidentes inopinados, que varían la suerte de los personajes y desatan la acción», como ocurría en la «comedia de enredo».

> — ¿Se cumple esta concepción de la «comedia de carácter» en la presente obra? Demuéstrese.

Luzán señala en su *Poética* que la fábula tiene que tener *unidad*, requisito indispensable para la belleza, necesaria a su vez para conseguir la utilidad. Para lograr todo ello el poeta ha de reducir la variedad a la unidad, y, aunque el argumento conste de varias partes, todas han de estar conducidas hacia el mismo fin.

> — ¿Los dos enredos planteados en la primera escena forman parte de la unidad antes aludida?

A la comedia, como género clásico distinto de la tragedia, le convenía la fábula *impleja* o doble, en la cual se daba la *peripecia* (o mudanza de la fortuna en sentido contrario de lo esperado) o la *agnición* (el reconocimiento inesperado de un personaje principal), o ambas.

> — ¿Se puede decir que *El sí* presenta alguna de estas características? Demuéstrese.

En la obra se utilizan con frecuencia las narraciones de hechos distantes en el espacio o en el tiempo. Era opinión de los tratadistas clásicos que se debía traer por narración todo hecho que hubiera dado materia a la fábula o que fuera de interés para entenderla.

> — Localícense las narraciones de la obra y véase si responden a las condiciones referidas. ¿Son algo cercano o alejado de la esencia dramática? Razónese.

Otra característica de la fábula dramática es su «justa grandeza», lo que quiere decir que el argumento de la comedia se ha de poder recordar de memoria.

> — ¿Cumple esta característica *El sí de las niñas?*

2. Estructura

El sí de las niñas es una comedia clásica y según teóricos como Luzán esta debía dividirse en: 1. *Prótasis*, donde se manifiesta parte del argumento y se calla otra parte para mantener suspenso al auditorio. 2. *Epítasis*, donde suceden el nudo, los lances, el enredo... y 3. *Catástrofe*, en la que se desata el nudo y la fábula se muda en felicidad.

> — ¿Se cumple en la obra esta triple división? ¿Hasta dónde llegaría cada parte?

> — ¿Cumple la prótasis la función de callar parte del argumento para acrecentar la intriga? ¿Qué partes son las calladas?

Uno de los más sagaces comentaristas de la obra, Joaquín Casalduero, ha señalado que el acto I plantea dos hilos de la trama, el II sirve para trenzar esos dos hilos y en el III se produciría el desenlace con la aparición del dibujo de la trama.

> — Expóngase si se está de acuerdo con esta estructuración y, en su caso, en qué cabría ser matizada. ¿Qué dos hilos son los que se presentan?

F. Ruiz Ramón (véase Bibliografía) sugiere que la obra se estructura según dos actitudes diferentes de Moratín, una *crítica*, que organiza parte de la comedia según procedimientos propios de la sátira, y otra *sentimental*, que destaca la verdad y la virtud.

> — Según este criterio, ¿qué dos partes se podrían diferenciar en la comedia?

Es frecuente que Moratín utilice la primera escena para aportar una serie de informaciones básicas (o «claves preliminares»).

> — ¿Qué claves nos proporciona esta primera escena? ¿Puede obedecer a alguna razón significativa el que esta escena sea sensiblemente más extensa que las siguientes?
> — ¿Es poco o muy dramática esta forma de presentar información?

No obstante, esta primera escena suministra solo parte de los datos, los que corresponden al punto de vista de don Diego y su criado; para saber el resto se ha de esperar casi al final del acto con la aparición de Calamocha.

> — ¿Qué nuevas informaciones aporta este? ¿Cómo se dosifican por parte de Rita cuando habla a su ama?

Se ha dicho que la comedia tiene un desarrollo «sin excesivo aceleramiento», con buen ritmo teatral, sin excesivas complicaciones, pues Moratín busca siempre un efecto de claridad; ahora bien, en determinado momento y ya avanzada la obra se produce el enredo, que provoca un inusitado movimiento y aceleración.

> — ¿Dónde se produce este cambio de ritmo?

La obra llega a ciertos momentos en que la acción alcanza su punto culminante en cuanto al interés. Esto ocurre en los tres actos.

> — Localícense estos momentos de clímax en cada uno de los actos. ¿Se producen también momentos anticlimáticos después?

Tanto el enredo como la solución han de ser consecuencia natural de la fábula y sus antecedentes, esto es, han de ser verosímiles.

> — ¿Es consecuencia lógica y creíble el final de la comedia?

Los tres actos son de una extensión similar, si bien el segundo es algo más largo que los otros. Precisamente es el acto II el que mayor número de escenas tiene.

— ¿Puede deberse a alguna razón significativa?

El acto I supone una evolución de la tristeza a la esperanza, de don Diego a don Carlos, teniendo como eje a doña Francisca.

— Contrástense la primera y la última intervención de doña Francisca en este acto.

Por el contrario, el acto II camina de la esperanza a la infelicidad (momentánea) de la joven, que también cierra el acto, creando así cierta simetría.

— ¿Dónde se localiza el momento de mayor felicidad? ¿Está situado en un lugar especial? ¿Por qué?
— ¿Cuál puede ser el motivo que explique ese cambio hacia el final del acto?

El acto III es una vuelta a la felicidad, aunque se pasa por el momento de mayor confusión de toda la obra. Todavía el autor dedica algunas escenas a prolongar la expectación porque no se sabe cuál va a ser la decisión de don Diego.

— Localícese el momento en que todo se aclara. ¿Está precedido de otro momento de confusión? ¿por qué?

Hay una serie de motivos que con su aparición intermitente a lo largo de la obra van estructurando y dotando de unidad a la misma, como por ejemplo el del tordo.

> — Compruébese en qué ocasiones aparece y la funcionalidad que puede tener.
> — Búsquense otros motivos semejantes.

La obra se divide en actos y estos, a su vez, en escenas de desigual extensión; pero todavía cabe hacer otra división inferior al acto y mayor que la escena, lo que podríamos denominar «secuencia». La secuencia es un conjunto de escenas que tienen un contenido común. Así, por ejemplo, en el acto I hay una primera secuencia constituida por el diálogo entre Simón y don Diego, que ocuparía toda la escena primera. Otra secuencia sería la que reúne a las tres escenas siguientes (2-4), que se destinan a la exposición de las ideas de doña Irene respecto a la educación de los hijos.

> — Agrúpense en secuencias las escenas restantes.
> — Obsérvese si se da cierta simetría en los tres actos.
> — Hay escenas que quedan sueltas, bien por su especial significación, bien por su carácter de transición entre dos secuencias. Señálense y discútase su funcionalidad.

3. El tiempo

La obra transcurre en un período de diez horas.

> — ¿Es plazo suficiente para que los hechos se desarrollen sin agobios, o se daña quizá la naturalidad y verosimilitud?

Según Luzán, en este punto más rígido que el propio Aristóteles, la acción de la comedia debía durar lo que la representación de la fábula en el teatro. Así, para que una obra cumpliera con la unidad de tiempo, la representación no debía exceder de tres o cuatro horas.

> — ¿Cumple este precepto Moratín en *El sí de las niñas*? ¿Qué hubiera ocurrido de ceñirse escrupulosamente a esta teoría?

Como los teóricos saben que es difícil someterse férreamente a esa concreción temporal, aconsejan no hacer referencias al tiempo dentro de la comedia; de esa manera es más fácil zafarse del estrecho margen temporal que se exige.

> — ¿Hay referencias concretas en esta obra al tiempo en que transcurre la acción? Localícense. ¿Es importante el tiempo en esta obra?

El tiempo explícito es de diez horas, como ya se ha dicho; ahora bien, el tiempo aludido, implícito, es muy superior y aparece en las narraciones de diferentes personajes que sitúan la acción actual.

> — Señálense estas referencias y determínese ese tiempo implícito en lo referente a la historia de don Carlos y doña Francisca.

Si el tiempo aludido supone cierta libertad temporal, también se consigue esta cuando se hacen referencias a viajes de mayor o menor duración.

> — ¿Cuáles son estos viajes y qué tiempo se tarda en realizarlos? ¿Quiere jugar Moratín en algún momento con el tiempo en alguno de ellos? Refiéranse los ejemplos oportunos.

El tiempo de la obra (las diez horas) excede muy poco al tiempo verdadero; esa diferencia de tiempos tiene que introducirla el autor en algún sitio.

> — ¿Dónde? ¿Qué cantidad de tiempo se suprime?

La luz tiene una importancia excepcional en *El sí de las niñas*, precisamente por su relación con el tiempo y, sobre todo, por la carga simbólica de que se rodea. La falta de luz propiciará el equívoco y la confusión, la ignorancia y el vicio; por el contrario, su abundancia traerá la claridad, el sentido común, la razón en definitiva.

> — Analícense todas las alusiones a la luz, ya sea natural (llegada de la oscuridad, de la noche o del alba) o artificial (velas, candiles, etc.).
> — ¿Dónde aparecen estas alusiones? ¿Qué simbolismo tienen?

4. El espacio

En *El sí de las niñas* hay un solo escenario: el de la sala de paso de una posada (también lugar de paso) en Alcalá, población de camino entre Madrid y Guadalajara. No obstante, se alude con frecuencia a otros lugares.

— Localícense tales alusiones y constrúyase un pequeño esquema con todos los lugares referidos a lo largo de la comedia. ¿Son precisas tales localizaciones? ¿Por qué?

El hecho de que la acción transcurra en una sala de paso sugiere que aquella continúa fuera de lo que alcanzan los ojos del espectador, en los cuartos de cada uno de los personajes. Por otra parte, el que la posada y Alcalá sean lugares de paso enriquece aún más la acción con los lugares de donde proceden y a donde se dirigen los diferentes personajes.

— ¿Qué unidad tiende a reforzar este hecho?
— ¿Daña en algo a la naturalidad y verosimilitud?

En la obra se habla además de diversos viajes, con lo que se posibilita cierta libertad y movilidad de personajes y se supera el constreñido marco espacial.

— Determínese qué viajes o salidas se realizan, en qué momento ocurren y qué significación pueden tener para el desarrollo de la obra.

Este respeto a la unidad de lugar se producía en aras de la verosimilitud según la cual, si el auditorio no se mueve de un lugar, es absurdo que en la obra sí se produzca ese desplazamiento. No obstante, los mismos preceptistas reconocían que era sumamente inverosímil que en un mismo sitio (por ejemplo, un aposento, dice Luzán) concurran siempre a hablar las personas de una comedia, ya que es improbable

que este cúmulo de hechos se dé allí. Con lo cual se con-
cluía que la unidad de lugar era muy difícil de observar.

> — A la vista de tales opiniones júzguese si Moratín
> sacrifica la naturalidad y la verosimilitud por adap-
> tarse a un mismo escenario, o si, valiéndose de los
> medios anteriormente expuestos, consigue hacer creí-
> ble que los hechos ocurran en un mismo escenario.

5. T e m a s

Comúnmente se admite que el tema principal de *El sí de
las niñas* es la «crítica a los casamientos desiguales impuestos
por la autoridad familiar». Un tema que se repite en la
mayoría de las obras del autor, bien como asunto principal,
bien como motivo secundario; así por ejemplo *El barón* y *El
viejo y la niña* se encuentran en el primer grupo, y *La mojigata*
y *La comedia nueva* en el segundo (sin contar las adaptaciones
que hace el autor, como *La escuela de los maridos* o *El médico a
palos*, en que también aparece el tema.)

> — Es, pues, un tema obsesivo en el autor, pero no nuevo
> en el panorama literario español. Señálese en qué
> obras anteriores aparece el tema y la diferencia de
> tratamiento que se observe.

Un tema ligado al anterior, indisolublemente ligado, es el
de la educación de los jóvenes. José Antonio Maravall [1] ha

---

[1] «Del despotismo ilustrado a una ideología de clases medias: significación
de Moratín», en *Coloquio internacional sobre Leandro Fernández de Moratín*,
Piovan Editore, Abano Terme, 1980, pp. 137-146.

planteado que este asunto se proyecta en dos planos diferentes: 1.º, como vía para alcanzar los valores del espíritu burgués, y 2.º, como factor de configuración de pautas de comportamiento que transforman la convivencia.

— ¿Qué dos maneras de educar a la juventud se muestran en la obra? ¿Cuál de las dos ha dado mejor resultado y, por consiguiente, se aconseja? ¿Se le hace, no obstante, alguna pequeña matización? Razónese.

Concretando más el tema referido, el problema de la educación de la mujer es primordial; no en vano los ilustrados consideran a esta un elemento de estabilidad social, ya que —para ellos— es el aglutinante de las familias y quien modera el ímpetu natural del hombre. Por ello abogan por una educación no demasiado rigurosa, ya que, en el caso contrario, podrían tomarse un desquite estando casadas.

— ¿Qué podría haber ocurrido si doña Francisca hubiera casado con don Diego? Obsérvese lo que vaticina don Carlos en el acto III cuando habla con su tío.

— ¿Qué papel ha de desempeñar un padre en la educación del hijo según don Diego? ¿Y según doña Irene?

Hay otros motivos que se repiten en las obras de nuestro autor; así, el de las pretensiones nobiliarias, que aparece en *El barón*; el de la crítica de los pedantes, que se encuentra —entre otras— en *El café*; o el de la crítica de la hipocresía religiosa o la falsa devoción, que aparece fundamentalmente en *La mojigata*.

— Júzguese si los temas mencionados aparecen también en la presente obra como motivos secundarios y en qué lugar de la misma.

El sí de las niñas fue denunciada a la Inquisición, aunque Moratín se cuida mucho de precisar, en la Advertencia, que la comedia nada tiene contra el dogma.

— Localícense las alusiones críticas contra la religión y sus representantes en la sociedad, y precísese de qué recursos se vale el autor para que tal crítica adquiera la suficiente ambigüedad como para permitir diferentes lecturas.

El amor es otro protagonista temático de la obra, y con él la amistad y sus contrarios.

— Distíngase qué diferentes manifestaciones de afecto se dan entre:
— don Carlos y doña Francisca;
— doña Irene y su hija;
— don Carlos y don Diego;
— los criados y sus amos.

Ruiz Ramón, en su obra citada, ha matizado que el tema general de la obra de Moratín es la crítica de «la inautenticidad como forma de vida».

— ¿Hasta qué punto es aplicable esta afirmación a la presente obra?

> — ¿De qué forma inauténtica se presenta doña Francisca? ¿Qué le obliga a ello? ¿Qué consecuencias se pueden extraer?

Según la corriente del despotismo ilustrado en que están inmersos la obra y el autor, el padre es el representante de Dios en el hogar, como el rey lo es en el país o el jefe militar ante sus soldados. Es la teoría del absolutismo aplicada al gobierno familiar. Desde esta perspectiva, el hijo, el vasallo, el subordinado en definitiva, no tiene más remedio que someterse con humildad.

> — ¿Se aprecia esta sumisión en los jóvenes? Sin embargo, don Carlos se rebela en cierto modo; ¿cómo puede armonizarse este hecho con lo anteriormente referido?

En este sentido, René Andioc (véase Bibliografía) ha mantenido una curiosa y bien fundamentada interpretación sobre el tema principal de la comedia; según este crítico muchos reformistas (y Moratín entre ellos) defendían una leve aligeración en el rigor manifestado en la educación de los jóvenes, la cual se concretaría en que la autoridad no se excediera en sus atribuciones. Don Diego comete ese error.

> — ¿Cuál es la actitud de su sobrino? ¿Está suficientemente justificada?

El hecho de que el cabeza de familia dispusiera de un poder casi absoluto en relación con el matrimonio de los hijos hacía posible que el padre o la madre ordenaran la boda del hijo por su propio interés. Así, en *El barón*, la tía Mónica acepta la boda de su hija para ganar prestigio nobiliario; en *La mojigata* don Martín dispone que su hija ingrese en un convento para tener él derecho a una herencia que esta cobraría si se casara; lo mismo hacen el tutor de Isabel en *El viejo y la niña*, o don Eleuterio en *El café*, cuando quiere casar a su hermana menor con el pedante don Hermógenes para así rodearse de cierta aureola cultural.

> — ¿Tiene algún interés concreto doña Irene? ¿Consigue al final su propósito? ¿Y don Diego?

Andioc mantiene que el final sigue siendo un matrimonio por interés, puesto que doña Irene logra la compensación económica que pretendía y don Diego también consigue lo que perseguía: no estar solo, pues para él será el hijo de la joven pareja. Lo que parecía, por tanto, un triunfo de los jóvenes no es más que un éxito de los mayores cuando aplican el sentido común al ejercer su despotismo.

> — Enjuíciese esta opinión, aduciendo los ejemplos oportunos.

6. Personajes

El número de personajes que aparecen en la obra es escaso, lo cual permite al autor una mayor profundización en los caracteres de los mismos.

> — ¿Están todos los personajes bien individualizados? En caso contrario, señálese cuáles no lo están y por qué. ¿Cabría agruparlos en principales y secundarios?

Luzán escribió en su *Poética* que el poeta debe dar carácter a los personajes principales de la comedia, pero no a todos, porque sería prolijo. Esos personajes que tenían carácter debían actuar verosímilmente según la personalidad que el autor les atribuyera, lo cual no significa que tuvieran que perseverar obstinadamente en una actitud; podía haber «mudanzas», con tal de que fueran «al último con motivos y razones bastantes».

— ¿Se da esta evolución en los personajes protagonistas? ¿En qué momento concreto? ¿De qué modo evoluciona cada uno? ¿Por qué no cambian precisamente los criados?

Los personajes se pueden agrupar según su categoría social, edad, sexo...; pero también se pueden dividir en personajes reales (que actúan) y personajes aludidos (sólo existentes a través de las palabras de otro personaje).

— Agrúpense según las características referidas.
— Señálese qué personajes son los aludidos y qué funcionalidad tienen. ¿A qué unidad o unidades favorece el que no aparezcan? ¿Qué otras razones puede haber para ello?

Higashitani, en su obra citada, ha dividido a los personajes protagonistas moratinianos en *activos* y *pasivos*; los primeros, cuyo mejor ejemplo es la Clara de *La mojigata*, son los que buscan lo que quieren —aunque se equivoquen—; los segundos, como la doña Isabel de *El barón*, esperan lo que los demás dispongan de ellos.

— Desde este punto de vista, ¿a qué grupo cabe adscribir a los jóvenes don Carlos y doña Francisca?

Los nombres de los personajes, especialmente los de aquellos menos importantes o aludidos, suelen estar motivados, esto es, no ser casuales sino obedecer a alguna razón significativa.

— Con ayuda de las notas correspondientes coméntese la función de los nombres de los religiosos. Coméntese igualmente la significación y la función de los nombres de los parientes de doña Irene que no pertenezcan al clero.

—Refiéranse los recursos de que se vale Moratín para que estos nombres sean significativos.

No cabe duda de que tanto el tema de la comedia como los personajes de la misma se prestan a la generalización; así, don Diego sería el pretendiente de edad; doña Irene, la madre interesada; los jóvenes, los amantes contrariados; etc. Moratín pudo caer en el sacrificio de las características individuales de cada uno en favor de la caracterización tipológica (ténganse en cuenta sus palabras en su comentario a *El café*: «Tanto en la formación de la fábula como en la elección de los caracteres [procuró el autor] imitar la naturaleza en lo universal, formando de muchos un solo individuo»).

— Enjuíciese si los personajes pueden considerarse *tipos* o no. En todo caso, ¿qué rasgos pueden considerarse generalizadores y cuáles los individualizan y convierten en humanos?

— ¿Pueden distinguirse amos y criados según los rasgos de individualización y generalización?

— A Moratín se le ha llamado el «Molière español». ¿Puede don Diego, por ejemplo, equipararse a alguno

> de los protagonistas de cualquier obra importante
> que se conozca del autor francés? ¿En qué estriba la
> diferencia?

Moratín, ya se ha dicho, quiere componer una comedia
«de carácter» en que cada personaje obre «según las pasiones e intereses que son verosímiles en ellos» y causan la
acción.

> — ¿Qué pasiones e intereses son los que desencadenan la
> acción de *El sí de las niñas*?

Don Leandro escoge como protagonista de sus comedias a
una determinada clase social, porque quiere realzar así su
protagonismo. Esta clase sirve como «espejo» al pueblo, que
puede aspirar a compararse con este nuevo grupo, alejándo-
se de una nobleza mal considerada en la época, cuya
equiparación le proponía la «absurda comedia barroca».
Pero obsérvese (y son palabras de Maravall, ya citado) que
todavía se distingue al pueblo de la «chusma», esto es, de los
holgazanes o maleantes.

> — ¿Cuál es la clase social protagonista? ¿De qué se
> puede deducir este hecho? ¿Cabe distinguir dentro de
> ella diferencias? ¿Pertenecen don Diego y doña Irene
> a la misma clase?
> — ¿Cómo es la clase popular que aparece en la obra?

Don Diego

Es el personaje que interviene en más escenas, quien abre
y cierra la obra y el que desencadena la acción. Se ha

señalado que es el verdadero protagonista de la obra (Andioc).

Don Diego es hombre ilustrado, vendría a ser algo así como un *alter ego* del propio Moratín en la obra, o sea, una manifestación del carácter del autor.

> — A la vista de lo que se dijo a propósito del talante de Moratín, determínese si coincide con su personaje en ideas como:
> — la educación de los jóvenes;
> — el papel de los padres o tutores;
> — la función de la mujer en la sociedad; etc.

Don Diego es hombre bueno, ilustrado, razonable...; pero ha caído en varios errores u ofuscaciones.

> — ¿Cuáles? ¿Es disculpable? ¿Por qué?
> — ¿Da la sensación de ser un personaje mal construido por recargarse de características positivas?

Doña Irene

Es un personaje ridículo, descrito con rasgos caricaturescos, a través de sus manías y achaques.

> — ¿Cuáles son estos rasgos que la definen?
> — ¿Cómo es físicamente?

Doña Irene es una mujer honrada, aunque necia; y no carece de cierta bondad, ni tampoco hay en sus acciones malignidad.

En Moratín es fundamental el concepto de imitación, nunca copia, de la realidad. Doña Irene parece estar muy relacionada con doña María Ortiz, madre de la doña Francisca real, que también tenía ciertos antecedentes religiosos y actitudes similares a doña Irene.

— ¿Cómo humaniza el autor a este personaje?

Doña Irene depende económicamente de sus parientes clérigos, y su manera de pensar tiene relación con esa circunstancia; así, es «portavoz del pasado y de un conservadurismo mezquino», según opinión de René Andioc. Su actitud vital contrasta con la de don Diego.

— Distíngase la manera de pensar de cada uno en torno a los temas centrales de la obra.

Don Carlos

Aparece descrito de muy diversas formas, según el personaje que lo presente.

— ¿Cómo es según don Diego? ¿Y según doña Francisca?

Para Calamocha es una especie de héroe, parecido al galán de la comedia barroca; lo presenta con rasgos cercanos al «majismo».

Sin embargo, contra todas las presentaciones, don Carlos habla y se comporta de manera muy diferente.

— ¿Cómo?

Algunos críticos han señalado que no está a la altura de su pasión y de su calidad de guerrero heroico, cuando se dispone a abandonar a su novia en manos del viejo tío. Se ha sugerido la posibilidad de que refleje la propia disposición de Moratín, resignado ante el «destino inviolable»; pero su valor radica, precisamente, en saber dominar su pasión.

— A sabiendas de que Moratín quiere proponer modelos para la imitación, enjuíciese su comportamiento ante el hecho referido.
— Aventúrese cuál podría haber sido el desenlace de la obra de responder don Carlos a la descripción que hace de él Calamocha.

No obstante, y a pesar de su ejemplaridad, llega a rebelarse contra su tío.

— ¿Es un defecto del joven o está suficientemente justificada su actitud?

Los jóvenes tenían la obligación de someterse a la voluntad paterna hasta los veinticinco años; pero don Carlos ha rebasado ya esa edad y continúa obedeciendo a su tío.

— ¿Qué pretende mostrar con ello Moratín?

Doña Francisca

Es la niña bien educada en un convento que don Diego en la primera escena describe de forma algo ingenua.

> — ¿En qué términos? ¿Confirma con sus palabras y actuación en la escena siguiente esa presentación? ¿Y al final del acto?

Esta educación apartada del mundo ha despertado en ella ciertas actitudes que no son precisamente las propias de la vida conventual.

> — ¿Cómo y en qué ocasiones escapa de ese encierro? ¿Qué consecuencias originan las «escapadas», ya físicas, ya mentales? ¿Qué se propone el autor al poner de manifiesto que la clausura origina este tipo de comportamientos?

Además de esas «escapadas», doña Francisca ha adquirido algunos resabios de su educación monjil, que se manifestarán con ánimo de crítica en las primeras escenas de la obra.

En consecuencia, doña Francisca se comporta de forma inauténtica hasta cierto momento de la obra.

> — ¿A qué atribuye don Diego esa hipocresía? ¿Qué consecuencias puede originar?

Doña Francisca, humilde hasta el extremo de resignarse ante el destino que los demás le preparan, cambia hacia el final de la obra y se presenta como mujer bien distinta a la que había aparecido al principio.

> — ¿Cuándo se aprecia esta evolución de carácter? ¿Es verosímil? ¿En qué términos se puede concretar?

¿Gana así el personaje en complejidad y profundidad humana? Razónese con los ejemplos correspondientes.

Criados

Los tres criados, Rita, Simón y Calamocha, cumplen una función diferente con respecto a sus amos; pero hay algo que los une: los tres representan a la clase popular, capaz de ayudar a sus amos en todo lo referido a cuestiones prácticas.

— En este sentido, ¿qué puede querer decir el hecho de que el único personaje sin criado sea precisamente doña Irene?

No obstante, como se ha dicho, los tres criados son distintos; por ejemplo, Simón es hombre de edad y de bien, aconseja a su amo sobre ciertos asuntos, aportando el sentido común que a este a veces le falta.

— Caracterícese psicológicamente a este personaje. ¿Qué opinión le merece don Carlos? ¿Cómo actúa hacia él?

Rita es una criada joven que mantiene frescas las costumbres del pueblo de que procede y se comporta como una amiga de su ama, aunque siempre guardando una prudente distancia.

— ¿Qué cometido le cabe en la historia amorosa de don Carlos y doña Francisca?
— Aunque sirve a doña Francisca, también atiende a

doña Irene, ¿qué sentimiento guarda hacia esta? ¿Cómo lo manifiesta? El autor se vale de un procedimiento dramático para hacer evidente esta actitud de la criada ante la vieja; ¿cuál?

La relación afectiva que mantiene con Calamocha, llena de frescura y naturalidad incluso en la expresión, crea un vivo contraste con la de sus respectivos amos. Se ha llegado a decir que los criados aportan el sentido común en el matrimonio, porque a ellos no les guía el interés.

— Júzguese esta opinión. Expónganse las diferencias entre su «noviazgo» y el de don Carlos y doña Francisca.

Calamocha es, según su amo, hombre apicarado y conocedor del mundo. Su relación literaria con la figura del *gracioso* de la comedia barroca es evidente.

— Con ayuda de un manual de literatura expónganse los parecidos y diferencias entre el personaje y el gracioso en general.
— ¿Tiene alguna relación este hecho con la manera de describir a su amo ante Rita?

7. Lengua y estilo

La *Poética* de Luzán distingue también la tragedia de la comedia según el diferente estilo de cada una; para este teórico, en la comedia no se han de buscar conceptos artificiosos, metáforas remotas, períodos muy limados... El estilo cómico debe tener moderación y circunspección; aunque admite, eso sí, que si un personaje está dominado por una fuerte pasión hable «con más fuerza y con expresiones figuradas».

— ¿Se aplica este criterio al estilo de *El sí de las niñas*? Demuéstrese con los textos oportunos.
— ¿En qué personaje se puede observar esa exaltación estilística? ¿Cuándo se produce? ¿En qué se traduce esta literariamente, es decir, de qué recursos se vale el autor para mostrarla?

Como señaló Joaquín Arce, Moratín condena las metáforas absurdas, los apóstrofes, los epítetos destinados, la afectación intolerable de ternura, de filantropía o de filosofismo en su obra lírica. [2]

— Escójase cualquier texto largo de don Diego y coméntese desde el punto de vista estilístico.
— ¿Son aplicables a nuestra comedia estas afirmaciones referidas a la lírica? ¿En qué medida?

Por otra parte, en la primera escena aparece un recurso muy utilizado por Moratín en esta obra.

— ¿De qué recurso se trata? ¿En qué otras ocasiones aparece? ¿Cuál puede ser la intención del autor al utilizarlo?

---

[2] «La lírica de Moratín y el ideal neoclásico», en *Coloquio internacional*, pp. 23-36.

Los recursos que tienden a conseguir el humor —entre los que se encuentra el anterior— son abundantes en esta comedia. Moratín se guarda de buscar la risa fácil y prescinde de procedimientos para él burdos, como caídas, golpes, etc., con objeto de no caer en lo chabacano.

> — Elabórese una lista de recursos (lingüísticos o no) de los que se vale el autor para provocar el humor.
> — ¿Qué personajes son los que más los utilizan? Dicho de otra forma, ¿quiénes son los encargados de hacer reír en la obra?

En cuanto a la lengua empleada, Rafael Lapesa ha calificado a la de este siglo como «moderna», es decir, que tiene las mismas características que la actual. Otros estudiosos han puesto de manifiesto ciertas virtudes, como su pureza o el tono mesurado que la caracterizan; pero no se puede olvidar que Moratín escoge hablar para y desde la clase media, y su intención de mantener la verosimilitud también en la expresión le hace emplear expresiones familiares, figuradas, proverbios, etcétera.

> — Señálense los ejemplos correspondientes y también quiénes son los personajes que más los utilizan.

Hay en Moratín (como observa Russell P. Sebold en su edición de *El señorito mimado* de Iriarte) un «hábito de observación lingüística»; de ahí el detallismo y el realismo, que se manifiestan también en el lenguaje; ahora bien, este lenguaje se aleja de la imitación superficial de la lengua propia de los majos y otros tipos populares, tal como aparece en los sainetes de don Ramón de la Cruz.

— ¿Cómo caracteriza el autor el habla de los criados? ¿En qué se diferencia de la de sus señores?

La conversación es cotidiana, pero no vulgar, ya que el autor embellece el diálogo familiar.

— Búsquense ejemplos de este embellecimiento, sobre todo cuando los personajes populares se dirigen insultos entre sí.

En ocasiones, más que un embellecimiento, lo que se produce es la utilización de un eufemismo para evitar una expresión o palabra malsonante.

— Localícese algún ejemplo con ayuda de las notas correspondientes.

Igualmente la sintaxis es perfectamente coloquial: son abundantes los descuidos, las faltas de concordancia, los anacolutos, el frasear cortado e interrumpido... Todo ello constituyó algo excepcional en su momento, tanto que fue muy criticado por algunos contemporáneos.

— Escójase un texto largo y enumérense las características que se observen en este sentido.

En la obra existen diferentes registros lingüísticos; por una parte está el habla de los criados frente a la de sus señores; por otra, la de los viejos frente a los jóvenes.

— Señálese cómo se materializa esto en la obra.

Por último, Moratín —como señala Ruiz Ramón en su obra citada— consiguió «una adecuación entre carácter y palabra, y palabra y situación». El lenguaje no está en función de sí mismo, sino en función de la acción representada por los personajes.

> — ¿Cómo se concreta este hecho en las escenas culminantes de la obra, por ejemplo?

8. Valor y sentido

No cabe duda de que la obra constituyó un éxito de público importante, desbancando incluso a las aplaudidas y espectaculares comedias de magia; no obstante, hay que hacer algunas matizaciones: este éxito fue mayor entre las mujeres que entre los hombres y mayor también entre las clases más adineradas que entre las más débiles.

> — ¿Cómo pueden interpretarse estos datos, teniendo en cuenta el contenido de la comedia?

Lázaro Carreter, en su edición de la comedia, ha considerado la obra como «un hito importante en la historia del feminismo español»; otros críticos han ido aún más lejos, considerando a Moratín como precedente de Ibsen, en su defensa de la independencia femenina.

> — Júzguese el valor de la obra en este sentido.

La novelista Carmen Martín Gaite en su libro *Usos amorosos* ha señalado, precisamente, cómo el concepto de «recato» (sinónimo de humildad e hipocresía, a veces) va siendo sustituido en la mujer por el de «despejo» (caracterizado por su franqueza y desembarazo).

> — ¿Hace doña Francisca gala de ese «despejo» propio de una mujer más liberada?

No se puede poner en duda el afán moralizador de Moratín, que, como buen ilustrado, se propone instruir a la sociedad. Para ello tiene que criticar el vicio y aconsejar la verdad y la virtud.

> — ¿Cuál es la moraleja que se puede extraer de la comedia? ¿Qué aprende el lector-espectador de la misma?

Mucho se ha escrito sobre el *romanticismo* de *El sí de las niñas*. Para Azorín esta era la primera obra romántica; otros han señalado que se trata de una defensa del derecho al amor, lo cual ya es signo de prerromanticismo y de acercamiento a la nueva corriente. Otros críticos han señalado, sin embargo, que carece de la desmesura del romanticismo, que la obra no es folletinesca ni pintoresquista y no tiene situaciones ni personajes propios de ese movimiento artístico; la melancolía, tan característica de la obra, sería más reflejo de la personalidad del autor que anuncio de esa nueva sensibilidad.

> — Fórmese una opinión al respecto con los ejemplos correspondientes.

El sí supone al final el sacrificio de un personaje, sacrificio que posibilita la felicidad de la pareja de enamorados.

> — ¿Qué impresión quedaría en el ánimo del espectador una vez acabada la obra?

El sí de las niñas supone la culminación de un proceso creador, la perfección de un teatro guiado por los presupuestos neoclásicos; de ahí que continuar por ese camino resultara ya imposible. En esa evolución moratiniana a lo largo del tiempo se pueden apreciar mejoras con respecto a obras anteriores.

Antes se ha aludido a la posible motivación autobiográfica de los hechos que aparecen en la obra comentada; Lázaro Carreter, en su edición, ha mantenido que esta es «la resolución literaria del conflicto que preocupaba al escritor, la formalización de sus aprensiones y recelos». Pero no se debe perder de vista que en 1801, cuando el autor ya tiene terminada la obra, Paquita Muñoz le corresponde.

> — Reléanse los datos biográficos de Moratín y expóngase razonadamente la opinión que merezca el autobiografismo de la obra.

9. Otros aspectos

En la obra no solo aparece el lenguaje verbal como medio de comunicación, también se encuentran otros signos extraverbales.

> — Localícense estos signos y señálese su funcionalidad en la comedia.

En un momento en que el público se sentía todavía atraído por la comedia de magia, en la que son muy importantes la música y la escenografía, Moratín presenta una obra de decorado muy simple y suprime además algunas manifestaciones musicales de la primera redacción de la comedia.

— ¿Qué se puede concluir de este hecho?

Hay en la comedia algunas alusiones al vestido y al arreglo masculino y femenino.

— Localícense y determínese si comportan algún significado.

El público sabe más que algunos personajes en determinados momentos (sabe, por ejemplo, que don Diego es el rival de don Carlos antes que ambos). Esto coloca al espectador y también al lector en una posición de superioridad.

— ¿Qué provocaría este hecho en la representación o lectura de la obra?

Por otra parte, Moratín compone unos personajes que en seguida se granjearían el cariño o el rechazo por parte del espectador, bien por su manera de hablar, bien por su manera de actuar, bien por ambas cicunstancias.

— ¿Con quién se identificaría el público?
— ¿A quién despreciaría?
— ¿Cuál sería el deseo del auditorio en lo que atañe al conflicto amoroso?
— ¿Deja el final de la obra enteramente satisfecho al espectador? No obstante, parece haber algo que empaña la alegría, ¿por qué?

EL EDITOR

ABRAHAM MADROÑAL

Es investigador científico del Centro de Ciencias Humanas y Sociales del CSIC y colaborador de la Real Academia Española. Especialista en edición de textos y en particular en teatro clásico, ha coordinado el tomo I de la *Historia del teatro español* (Gredos) y ha dedicado buena parte de su producción a la edición y el estudio de diferentes aspectos de la práctica teatral.

ESTE LIBRO SE TERMINO DE IMPRIMIR
EL DÍA 10 DE NOVIEMBRE DE 2011